見た目は
地雷系の
世話焼き
女子高生を
？

雷原甘音
Raihara
Amane

じい〜っとした視線を、
肌にビシバシ感じる。
チラリと見れば、
その方向にいるのは地雷系ファッションに
身を包んだあの子だ。
妖しいほどに深く見えるその瞳は、
俺の一挙手一投足を余さず
丸呑みするような雰囲気で……
地藤景
Chifuji
Kei

「……あの、……ありがとう、ございます」
俺の差し出したぬいぐるみを受け取って
彼女はそれを抱きしめて微笑んだ。——

見た目は地雷系の世話焼き女子高生を甘やかしたら？

藍月 要

角川スニーカー文庫

23789

目次・本文デザイン／伸童舎
目次・本文イラスト／tetto

もくじ

1章　緊迫感、持ってくださいね

「先輩、また来てますよあの子……」

「……いいことだろ、常連になってくれるのは」

土曜日の昼下がり。バイト先の喫茶店でレジ周りの整理をしながら、俺は後輩のヒソヒソ声にそう答えた。

「え〜、危機感センサー壊れてますってそれ。あんないかにもヤバそう子が先輩目当てで来てるっぽいのに。ほら、ずっとこっち見てる」

「だからって俺目当てってのは……というかお前な、お客さんに対してなんてこと言うんだ。信念が感じられていいじゃないか、ああいう格好も。なんていうんだっけか」

「地雷系、です」

そう、それだ。

いま店内にお客さんは何人かいるが、その中で窓際の席に座った件《くだん》の子は、一際目立つ格好をしている。

　ピンクと黒を基調とし、リボンとフリルとレースのあしらいで飾っている、可愛《かわい》らしさとダークさが両立した特徴的なファッション――地雷系。

　なぜそんな物騒な呼び名なのか詳しくは知らないが、なんとなく危ない感じがするのはわかるし、それが魅力のひとつなんだろう。好きな人はすごく好きそう、というやつ。

「いや、似合ってますよ。あの子、顔面偏差値クッソ高いし。服装の強さに顔が全然負けてない。髪も黒のハーフツインでインナーカラーにピンク……コッテコテだけどマジで超似合うなほんと」

「褒めてるんだよな、それは」

「……これは女からのアドバイスとして聞いてください。今どき、ああいう格好の子が全員ほんとのメンヘラってわけじゃ全然ないですが、それでも中にはマジもマジなガチモンがいるのも確かなんですよ」

　当たり前のことを説明する口調で後輩はそう言う。そういうものなのだろうか。

「あの子がガチモンだったら大変ですよ、ほんと。先輩そういうのに捕まったら、見捨てられなくてズルズル引《ひ》き摺《ず》られてたいへんなことになりそ～だし」

「そもそも、よく知りもしない相手のことを陰で好き勝手言うな。品がないぞ」

「うえ〜っ正論フィーチャリング正論！」

嫌そうな声をあげて、後輩はギュッと顔をしかめた。感情も表情も豊かなやつなのだ。

「……ま、心配してくれるのはありがとな」

「む……」

「さて、レジ任せるぞ」

言って、俺は後輩を残してその場を離れる。視界の中に「注文したいから店員近づいてこないかな〜」の気配を出している、男女二人組のお客さんの様子がチラリと見えたのだ。

「ご注文でしょうか？」

「あ、はい。俺はこのカフェオレで……あとなんだっけ？」

「わたしはこっちのチーズケーキのセット——あっ」

男性の持っているメニュー表を覗《のぞ》き込んだ拍子に、女性がコップを倒してしまう。中身がパシャリとテーブルに広がった。

「わ〜！　すみません！」

「いえ、すぐにお拭きします。お洋服には？」

「だ、大丈夫です！」

それはよかった。

俺は倒れたコップを下げ綺麗《きれい》なおしぼりを取ってきて、テーブルを拭く。それから、女性のもとへ代わりの一杯を届けた。

「え～、すみませんっ、いいんですか？」

「もちろんです。ご注文はカフェオレがおひとつと、チーズケーキのセットがおひとつでお間違いないでしょうか？　セットのドリンクは——」

なんていうやり取りをしている横で、だ。

……………いや、たしかにめっちゃ見られてるんだよな！

じい～っとした視線を、肌にビシバシ感じる。チラリと見れば、その方向にいるのは地雷系ファッションに身を包んだあの子だ。

妖しいほどに深く見えるその瞳は、俺の一挙手一投足を余さず丸呑《まるの》みするような雰囲気で……というのは、さすがに俺の自意識過剰だろうか。

こちらが見ていることに気づいてか、彼女はフイッと視線を切る。……その反応からして、注文をしたいわけではなさそう。

うーん……。

「せんぱ～い！　すみませ～ん！　電子決済ってレジど～やるんでしたっけ⁉」

「……いま行く」

レジでお客さんを前にしている後輩から、こちらへ大声。わからないときにすぐ呼んでくれるのは助かるが、いくらか声のボリュームと勢いは落としてほしいかもしれない。

「どこまでできてる？　ん、じゃあレジのここをタップして、……そう、そしたら決済の種類を選ぶことになるから――」

埃《ほこり》を立てない程度に早足でレジへ戻った俺は、後輩へ手順を教えていく。

この後輩は、忘れっぽいところはあるが飲み込みのいいやつなので、特にエラーを出すこともなく、決済は無事に終わった。

「ありがとうございました～………ふーっ、焦った～。先輩すみませんでした」

「いや、いいよ。レジは覚えること多いよな。……ただ、ゆっくりされてる皆さんをびっくりさせちゃうから、呼ぶときはもうすこしだけ静かに頼むな」

「は～い。でもほんと先輩は頼りになる～。いないときがマジでやばいって店長も言ってましたよ～」

「……バイトの高校生に任せすぎだって、お前からも言っておいてくれ」

コーヒーを淹《い》れる腕前に関しては化け物みたいな人だが、経営者としてはあらゆるところが適当すぎるのだ、店長は。

「もうちょっと、店の経営をするということに緊迫感を持ってほしいんだけどな」

「そうですね〜。ところで先輩」

「ん？」

「やっぱりずっと見てますよ、あの子」

「…………」

緊迫感、持ってくださいね。

後輩はそんな風にささやいて。

——後に、俺は思うことになる。

このとき、この言葉をもっと真剣に捉えていたら、俺の人生があそこまで激変することはなかったのだろうか、と。


「う〜ん、晩飯……」

バイト帰り、食材を買いに寄ったスーパーで俺はため息を吐《つ》く。

料理するのは嫌いじゃないけれど、自分のためだけに作るとなると途端にやる気が湧かなくなる。

「……ん～」

栄養価をちゃんと考えなきゃ、そう思ってもモヤがかかったように思考が止まる。

「…………いいか、別に」

適当に野菜的なものと肉・魚的なものと炭水化物的なものを摂《と》ればいいだろう。たぶん、最低限は。

いつもと変わらないそんな結論に至った俺は、並べられているレタスを手に取った。

野菜はいつも、これ一択だ。

さ、次は……、

「……待、って、くださいっ」

「え？」

ガシッと、腕を掴《つか》まれる感触。

思わず振り返ると、そこにいたのは――

「……え？　…………ん、え？」

「…………急に、ごめんなさい」

黒とピンクの色彩が放つコントラストと、甘やかなデザインのフリルと蠱惑的《こわくてき》なレースのギャップが蛍光灯の下でも鮮やかな、その姿。

そう、地雷系ファッションに身を包んだ、あの子である。

カゴにレタスを入れんとしていた俺の腕を、その細く白い手で摑んでいる。

「え、……ええと？」

どちら様、とは言えない。顔は知っている。しかし、奇遇ですねも違うだろう。知人と言えるような交流はない、はずで。

じいっと、彼女の瞳は俺を捉えている。

服装のせいなのかメイクのせいなのか、それともその雰囲気のせいなのか……不思議なほど、その大きな瞳の中には輝きが見えない。

黒く昏《くら》く、周りの光を喰《く》らい尽くすような闇だけがぼうっと浮かんでいる。輝く光より美しい暗闇があることを、俺はこのとき初めて知った。

それくらい、彼女の独特な美貌はどこか浮世離れしていて……、

「……レタスはっ」

「………レタス？」

「美味《おい》しいですが、そればかりではあまり栄養が……！」

……なにか、とても生活感のある言葉が聞こえた気がする。

「お野菜を摂るのなら、色の濃いものものもぜひっ。淡色野菜も大切ですが、理想は、食べる野菜のうち緑黄色のものが一日120グラム程度を占めることです」

……いや、これもしかして声だけ別の人が喋《しゃべ》ってる？

見た目と話している内容のギャップが大きすぎないか？

「健康的な生活は、まずお食事からなので」

だってその言葉とは裏腹に、申し訳ないがその身を包むメイクとファッションはいわゆる病み系だとかなんだとか、そういうやつのはずで。

……『よく知りもしない相手のことを好き勝手言うのは品がない』という、今日自分が言った言葉が数時間遅れで追いついてきて、俺の後頭部に当たった。

「今日ですと……あ、トマトとナスがお買い得ですよ！　お好きですか？」

「ああ、えと、まあ、普通というか、はい」

「お料理はあまり？」

「つい簡単な調理ばかりで済ませてしまうので……」

「でしたら――」

混乱が抜けず、問われたままに答えてしまった俺に、彼女はトマトとナスを使ったお手軽メニューを次々に紹介してくれる。

「へえ、下味つけてチーズをかけていっしょに焼く……」

「簡単で美味しいんですよ～」

「じゃあ今日はそれにしてみようかな……」

なぜ話しかけてきたのかはわからないが、中身は特に警戒すべき感じではない、のかな
――

「っほんとうですかぁ、ふふ、……よかったぁ……」

「……っ」

なんて緩みかけていた俺の頭の中で、一気に警報が鳴った。

「ぜひ、そうしてくださいねぇ」

だって、それほどまでに妖しい笑顔なのだ。

夜の闇を封じ込めたような目が弓形《ゆみなり》にしなり、口は三日月のように割れる。擬音にするなら「ニィィ……」がいちばんしっくりくるだろう、どこか底知れない笑い方。

そのファッションも相俟《あいま》って、映画やアニメで出てきたなら、百人中百人が「なんか裏

があるんだな」と予想するタイプの姿。

……いやいや、人を見た目で判断してはいけない！

「見ていたらいつもレタスばかりでしたから、心配だったんです」

「……見ていた？　いつも？」

「あ」

しまった、というように彼女の動きはピタリと止まる。

……こっちも、さすがに今のはスルーできない！

「ええと、あなたは一体……」

「その、あの、えと、……わ、わたし……す、…………すみませ～ん!!」

「あ、待っ…………足速っ!?」

明らかに走るのには向いていなそうな靴で、カカカカッと高速で音高く地面を蹴り、彼女はあっという間にその姿を消した。速すぎる、とても追いつけない。

すごい、最後の最後までギャップたっぷりだ。

……なんだかさっきの一幕すべて、バイト終わりで疲れていたから幻を見たんじゃないか、なんてことすら思ってしまう非現実感で。

「…………とりあえず」

もうさっぱりわけがわからないけども。

「買ってくか……、トマトとナス」

おすすめ情報は、とりあえず有益そうだったと思う。


「と、いうようなことがありまして」

「……お前なあ」

一夜明け、日曜日。

朝からシフトに入って開店準備を進めつつ、昨日の顚末《てんまつ》を話した俺に、店長は大きなため息を吐いた。

「なにを平然としとるんだ。ストーカーされてんじゃねえか」

「……やっぱそうなんですかね？」

「それ以外になにがあんだよ……」

グニグニと目頭を揉《も》み込《こ》んで、店長は首を振った。

「緊迫感を持て緊迫感を！　なにされるかわかったもんじゃないぞ！　……怖いぞー、そういう子の執念は……、俺も昔……ううう、思い出したら寒気してきた」

「どんな経験をしたのか知らないですけど、店長の女癖の悪さが原因ということは？」

「……話が逸《そ》れた、戻すぞ。で、最近よく来てたあの地雷系ファッションの子なんだよな？　覚えてるぞ俺も。東京ならともかく、この辺りじゃ流石《さすが》にめずらしい格好だからな」

この街は過疎というほど寂しい場所ではないが、ああいう服装の子が歩いていると良くも悪くも目立つくらいには、田舎《いなか》である。典型的な地方都市だ。

「お前、なんかいまいち緊迫感なくて心配だなー。危ない状況なんだから…………あれ、嘘《うそ》、この豆もうない!?」

「それ、もうすぐ切れるから発注しとかないとダメですよって言ったじゃないですか」

「え～！　言ってた！　うわ～してねえ～！」

「……奥にある方の棚の三段目に予備ありますよ。次からは忘れないでくださいね」

「えっ、……あ、ほんとだ！　じゃあ大丈夫じゃ～ん」

俺がジトッとした目で見つめると、店長は「コホン」とわざとらしい咳払《せきばら》いをひとつ。

「お互い、緊迫感を持とうな」

「血でしょうかね、変に呑気《のんき》なところが似たの」

ここでは敬語を使うし店長とも呼んでいるが、この人は俺の叔父さんだ。ちなみに我が親類ながら無精髭《ぶしょうひげ》に色気のあるイケメンで、実際ずいぶん浮名を流している。

「……どうだろうな。お前のそれは、俺の呑気とは別だと思うがな」

「そうですか？」

「………………まあ、それはいい。とにかく気をつけろ。聞いた感じじゃ家まで知られているかもだから、帰り道は特に」

「わかりました、そうします。……ん、あぁ、もう開店時間ですね。表の看板ひっくり返してきます」

「おう、よろしく」

カランカランとドアベルを鳴らし外へ出て、扉に掛けられた看板をＯＰＥＮに替えたところで、すでにお客さんがひとり、店先で待っていたことに気がつく。

「すみません、お待たせいたしました。いらっしゃいませ」

「……は、はい」

俺と同じくらい、つまり高校生くらいの女の子だ。ゆるく編んだ三つ編みを揺らし、彼女はどこかおずおずとした様子で店へ入っていった。

……今の声、どこかで聞いたような。

まあいいか、仕事だ仕事。

俺も店の中に戻り、彼女を席へと案内する。そのお客さんはメニュー表も見ずに、アイスコーヒーを頼んだ。

「かしこまりました、少々お待ちください」

冷たい飲み物を頼む人が大多数になったな。それもそのはず、もう五月の末だ。近年の温暖化の影響か、夏日すら観測されるほどに暖かい。

いつの間にか、俺も高校の三年生になって二ヶ月近くが過ぎたことになる。

「店長、アイスコーヒーをひとつお願いします」

「……じゃねえよ、バカかお前は」

「え？」

注文を伝えに行くと、カウンター越し、腕を伸ばしてきた店長にガッと頭を抱えられる。

「あの子だろ、地雷系の子って！　……服装もメイクも全然違うからわからんのも無理はないが。……いや、わりと顔はそのまんまだぞ。メイクで変わらん顔面の良さ」

「え、……あ！　そうだ声！　どっか聞いたことあるって思った……。あんなに見た目の雰囲気違うのにわかるなんて、店長さすがですね」

「覚えておけ、女がいちばん面倒くさいキレ方するのは、他の女に間違われたときだ。それを避けるためには、認識力が命綱なんだよ」

同時進行で複数の女性と関係を持つから命綱に頼ることになるのでは？　とは思ったが、そんなこと今に始まったことではないし、今言っても仕方ない。

「すみません、俺、ちょっと話してきてもいいですか？」

「待て待て待て待て、そのままガッチリ捕まったらどうすんだ馬鹿。お前は人を見捨てられないタイプなんだから、絶対まずいんだぞわかってんのか」

「でも、とにかく話をしてみないとなにもわからないので。昨日のお礼も言いたいし」

「……そういう甥《お》っ子《こ》だよ昔からお前は。兄貴にそっくりだ。……いいか、いよいよヤバそうな子だったら俺が追い出すからな。そしたらお前はあの子に金輪際関わるな」

「わかりました」

店長、いや叔父さんから許可を得て、俺は彼女の席へと向かう。こちらの動きに気づいて、その女の子は伏せていた顔を上げた。

ああ、たしかに昨日のあの子だ。出立《いでた》ちが違うからだろう、昨日ほどの底なしさこそないが、それでも吸い込まれそうな深い瞳がそこにある。

「ちょっとお話いいですか？」

「……はい」

返事を確認して、俺は彼女の向かいに座った。なにか言われるより先に伝えようと思って、俺はすぐに続けて口を開く。

「昨日は、ありがとうございました」

「え？」

「教えてもらった料理、すごく簡単だったし美味《おい》しかったです。定番メニューに加えます。助かりました、ほんとに」

「そ、そんな！　だってわたし…………その、……申し訳ありません。ストーキングなどというご迷惑をこの一ヶ月……」

一ヶ月⁉

全然気がつかなかった……。

「それって……あ、いやその前に、お名前お聞きしてもいいですか？　……自分は地藤景《ちふじけい》と言います。高校の三年です」

ストーカーであることを明かした相手に名前を教えてしまっていいものか、一瞬迷ったが結局言った。相手の名前を聞こうとするなら、やはり自分も名乗らなくてはいけない気がする。

「雷原甘音《らいはらあまね》と申します。わたしも高校三年生です。通っているのは――」

同い年らしい彼女が挙げた学校名は、この辺りでは有名な中高一貫の私立女子校だ。

「あそこですか。成績には厳しいけど、その分校則が自由だって聞いたことが」

「あ、そうなんです。ですので、私が髪をこのように染めたときにも特になにも」

「へえ～」

自らの髪の、ピンクに染まったインナーカラーを指す彼女――雷原さん。そうだ、こんなところにわかりやすいヒントがあったんだな。

間抜けな言い訳になってしまうが、服装の雰囲気が違いすぎてほんとうにわからなかったのだ。

今日の彼女は、淡い色味のワンピースに上品なカーディガンという格好。緩い三つ編みと合わせ、「穏やかで優しそうなお姉さん」ルックとでもいうべきか（髪に入ったピンクが不思議と嫌な浮き方をしないのは、あるいは顔の良さによるパワープレイかもしれない）。

「いいですね、うちの学校は服装については結構厳しくて。バイトについては寛容なんですが」

「そうなんですね、地藤さんの学校はどちらの――」

雷原さんはハッとそこで言葉を止め、ブンブンと首を振った。

「ち、違うんです！　情報を取ろうとしているわけでは！」

「だ、大丈夫です。別に疑ったりは」

した方がいいのかもしれないが、……うーん。

昨日もそうだったが、話している感じ、とてもではないが危険な匂いがまるでしない。

「……本題なんですが、俺の跡を尾《つ》けていた理由って、お聞きしても？　強い執着をしていただけるほど、そもそも接点ないはずじゃないかと思ってるんですが」

こんな美人に一目惚《ひとめぼ》れされたなんて自惚《うぬぼ》れはさすがにできないし、記憶をいくらひっくり返しても、「実は以前に会っていた」みたいな覚えは出てこない。

「そ、それはですね……すみません、その、……へ、変なことを言って申し訳ないのですが…………シ、シミュレーションをしていたんです」

「……シミュレーション？」

「はい……」

言葉通り申し訳なさそうにうなだれて、雷原さんは続ける。

「わたしの大変勝手な事情で、本当になんとお詫《わ》びをしたらいいか……」

「いえ、実害がなにかあったわけではないので正直別に……それより、シミュレーションってなんのことなんですか？」

「……ああいった格好をしている理由と密接に関わっていることなのですが、そもそもわたしには、やめたいのにどうしてもやめられない、もう病的に依存していることがありまして……。そのお話からさせていただく必要があります」

雷原さんから放たれたのはそんな前置き。病的な依存、なんて強い言葉に身構えた俺の前、そして彼女は言った。

「わたし、……どうしても好きで好きで好きで好きで…………人のお世話をすることが！」

……え？

「お世話？　人の？」

「はい、わかるんです自分で！　脳の中で、ものすごい濃度の快楽そのものみたいな液体がドバドバドバドバ出てるのが！」

「ええと、だから、……人のお世話をすると？」

「はいっ」

それは……、

「失礼なことを言っていたらすみません、……あの、やめたいのにやめられないっておっしゃっていましたけど、良いことだから良いんじゃないですか？」

物騒な前置きだからてっきりもっと危ない話かと思っていたので、想定とのギャップについそんなことを聞いてしまった。

だって、人のお世話が好きって。……なんの問題があるんだ？

「周りの人たちはありがたいでしょうし、雷原さんがそれを喜べるなら完全にWin-Winというか」

「ダメなんです！　だって、……わたし、それで人にご迷惑をお掛けしたことが……ダメなんです……」

お世話をして迷惑？　……どういうことなんだろうと思ったが、彼女の暗い顔を見ると不躾《ぶしつけ》に掘り下げるのは憚《はばか》られた。

「そもそも、わたしのそれって結局、他人ありきでしか行動していないわけで、……もっと自立しないとって……」

がっくりと肩を落としながら、雷原さんは沈痛な声で語る。

「わたし、五つ下に妹たちがいるんです。双子の、とってもかわいい子たちが……。ほんとうに生まれたときからすっごくすっごくかわいくて……はっきり覚えてます。もうそのときにはすでに、この欲求が自分の中にあったこと」

妹たちが五つ下なんだから、雷原さんは当時五歳。……そう考えると筋金入りだ。あるいは生まれつきとすら言うべきか。

「妹たちが家にやってきて、それはもう素晴らしい日々が始まりました……。わたしがもうすこし大きくなったころからは、両親の仕事がとても忙しくなったのもあって、さらに任されることが増えて……」

当時を思い出しているのか、雷原さんの頰《ほお》は自然に緩んでいる。

「目が回るほど大変でしたけど、だからこそ、頭が焼き切れそうなほど最高でした……。毎日祈っていたんです、『ああ、お父さんお母さんお願い、まだ帰ってこないで』って」

「……当時、雷原さんは」

「小学生ですね。満ち足りた日々でした、あまりにも……あ、両親のことは大好きですよ！　仲も良いですし」

じゃあほんとうに真実、妹たちのお世話役を取られたくなくて祈っていたのか。すごい小学生だ。

「……でも、あの子たちもどんどん大きくなって、小学校に上がるころにもなると自分でできることがどんどん増えてしまって！　いえ、それでもまだお家にはいてくれたからよかったものの！　……なんと……なんと……」

炭で塗りたくったかのように、ズズズッと雷原さんの声のトーンが一気に暗くなった。

「今年の三月、小学校卒業を機に、ふたりいっしょにカナダへ留学に行ってしまったんです……。フィギュアスケートをやっていて……」

「……あー」

自らの眼前に翳《かざ》した雷原さんの手は、プルプルと震えている。禁断症状のそれに見える震えだ。

「父は妹たちについていってしまったし、母は自分のことは自分でしっかりできてしまう人だし、そもそも仕事が忙しくてあまり家に帰ってもこないしで、誰も、誰も、誰も、……誰もお世話をさせてくれないぃぃぃぃ……」

初めて聞くタイプの嘆きで、なんて声をかけたらいいのかわからない……。

「き、き、記憶が飛ぶんです、日々にあまりに色がなさすぎて……！　それで、わたし、気がついたら……」

瞳孔の開き切った眼で虚空を見つめながら、雷原さんは悲鳴のような声音で続けた。

「徘徊《はいかい》するようになってたんです！　公園とか……！　ショッピングモールとか……！　だ、だ、だれか、だれか、だれか、……――だれかおぜわざぜてぐれないがなあっで……!!」

……どうしよう、想定していたラインとはまた全然違うところで、すごく個性的な人だった！

「だ、だめなのに！　わたじのおせわは！　めいわぐをかけるからだめなのに!!」

……お世話がどうして迷惑になるのかはやはりわからないが、でも、辛《つら》いのだというのはすごく伝わってくる。彼女の大きな瞳からはポロポロと、涙の粒が溢《あふ》れている。

さっきの声は、やはり正しく悲鳴だったのだと思う。

「ええとっ、それはっ、はい！　すごくお辛いですよねっ、はい！」

「……ず、ずみません、と、とりみだして……！」

「いえ全然、ゆっくり呼吸して」

いくらかの時間をかけて落ち着いた雷原さんは、また話を続けてくれた。

「………申し訳ありません、お見苦しいところを……。それで、ええと、話は最初に戻るのですが、……シミュレーションというのはつまり、人に甘える練習をしようと思いまして」

「……あー」

なんとなく、話の輪郭がわかってきた気がする。

つまり。

「雷原さんはとにかくお世話をして『人を甘やかすこと』に執着しすぎてしまう、でもそれを直したい。そのために、まったく逆方向の『人に甘えること』をできるようになって、良い感じにバランスが取れないかと思っている……で、合ってます？」

「っまさにそうです！　……普通に『人を甘やかすこと』をやめるのが、無意識に誰かを求めて徘徊してしまうくらいにはできなかったので、もう逆方向から攻めようかなと」

たしかに状況を聞けば、それくらいしないとダメだという気持ちになるのも無理ないと思える。

「『人に甘えること』ができるようになるためには、甘えられる人に身近にいていただく必要があるわけで、……でも家族や友人はいまさらどうにも難しく……。そんなとき、たまたま入ったこのお店で地藤さんをお見かけして」

自分の名前が出てきて驚いたが、そもそもそういう話だった。

「お客さんにはとても丁寧に接していて、なにより困っているお仕事仲間の方をかいがいしく助けていて、だからみんなから頼られていて、あ、こういう人にならもしかしたらわたしも甘えられるかもって」

「なるほど……」

別に俺は頼れるタイプでもなんでもないが、この店で働くことには手慣れているし、本来いちばん頼れるはずの店長があんな感じの人なので、そう錯覚するのも無理はないか。

「ですがもちろん、『甘えさせてください』なんていきなり言えるわけがないですし、……その」

雷原さんは恥ずかしそうにすこし顔を伏せる。

「じょ、女子校育ちで、同い年の男性へどう声をかけたらいいのかもわからなくて……」

「それで、シミュレーション」

「はい。こういう風に甘えてみるべきものかなって、地藤さんを見ながら頭の中だけでひたすら」

だからあんなにじいっと見られていたのか。合点がいった。

「最初はこのお店で見ているだけだったんですが、他の場面だとどうなんだろうと気になって、それでつい、お仕事上がりを見計らって後をついていくようになってしまって……」

「ええと、なんというか、行動力がありますね」

「い、妹たちにも言われます。変な方向に思い切りがいいって」

顔立ちや雰囲気はおっとりとしているが、やはり人は見かけによらないものだ。

「あの地雷系の格好も、思い切りの良さの象徴かな」

「店長」

突然話に入ってきたのは、おそらくずっと耳をそばだててくれていたのだろうその人だ。

いつの間にかこちらまで来ていたらしい店長は、アイスコーヒーのグラスをコトリと雷原さんの前に置いた。

「お待たせしました、ご注文の品です」

「あ、ありがとうございます。ええと、そうですね、あの格好は……」

「人に甘える自分になるなら、見た目もそんな感じにしたかった、みたいな？　なるほど地雷系は、良くも悪くも人にべったり寄りかかることにかけては極限かもね」

「……いちばん人に甘えられる女性ってどんな人たちだろうって考えたとき、ああいう姿が浮かんだんです。……正直、見た目が好きというのもあるんですが。かわいいし、独特の世界観があって」

　地雷系＝人に甘えられる女性か。面白い解釈だし、一面の真実でもあると思う。

「うんうん、よく似合ってたと思うよ。……なるほど、話は把握した。ごめんね、一旦こいつ借りていい？」

「え、あ、はいそれはもちろん」

「ありがとう、すぐ返すから」

　そう言って店長は俺の腕を摑《つか》み、カウンターの端まで連れていった。

「店長？　どうしたんです？　……まさかあの子追い出す気じゃないですよね？　危ない子じゃなさそうだし、話聞いた感じ困ってるみたいだから俺――」

「わかってるわかってる、そう考えてると思ってたよ。だから景、これからお前に店長命令を授ける」

「店長命令？」

「そ。お前、これからちょいちょいあの子とどっか遊びに行くようにしろ」

店長が出してきたのは、俺もそうできたらとは思っていたことだった。だが、それには問題がある。

「そうしたいし、どうにかそうできたらと考えてるんですが……」

「言ったろ、店長命令だって。バイト代をちゃんと出す。遊んできた日についても、一日いつも通り働いたことにする。給料は減らさねえよ」

「……え⁉」

家に金を入れなくてはならないので、正直遊んでいる暇がないというのがネックだった。遊びに行っても給料が出るなら、たしかにその問題は解決するが……。

「な、なんでそんな」

「ま、お前にはこれまでずっとこの店でがんばってもらってきたからな。俺が世界大会で結果出せたのも、店のことをお前が支えてくれたからだと思ってる。ボーナスだボーナス」

はっはっはと店長は笑った後、すこし声を硬くした。

「……これは別に、叔父としてお前に金を渡すって話じゃない。店長として特別な形での勤務を認めるってだけだ。……お前の母親も、文句は言わないだろ」

「それは……そうですけど」

「なら決まりだ！　景、お前あの子のことなんとかしてやりたいんだろ？　面倒見いいからな」

「店長……ありが……いや、でも、店は大丈夫なんですか？　俺がいないとき」

「祈れ、潰れんことを」

ややガチなトーンなのがとても気になってしまう。

「……あのさ、オペレーションのあれこれ、何かにめっちゃ細かく書いといてくんね？　景しかわからんことが多すぎる」

「やっておきます」

「良い機会だしな、お前ひとりに任せきりなのを精々修正するさ。じゃ、そういうことで」

「……ありがとう、叔父さん」

「店長だ、営業時間中はな」

ヒラヒラと手を振りながら、昔からずっと俺に優しいその人はカウンターの中へ入っていった。

俺はまた雷原さんのもとへと戻る。

「すみません、お待たせしました」

「いえ、そんな」

「それでなんですが――」

俺は、彼女のいわば『甘やかし依存』を直すのに協力したいこと、そのために、これからはふたりで会っていろいろ試す時間をたびたび作っていこうと伝えた。

シミュレーションではなく、ほんとうにやりましょうという話だ。

「で、でもっ、そんなの申し訳ないです！　すごくすごくありがたいですが、そんなのわたしばかりが助かって、地藤さんになにも……」

「俺も高校生活あまり人と遊ぶ時間がなかったので、良い気分転換になりますので」

「で、でもそんなご迷惑をまさか！」

まあ、こういうときに「お願いします！」と言える人だったら、そもそも人に甘えられないなんて悩みは持っていないわけで。

んー、……じゃあ。

「わかりました。では、どうにも放っておけないと勝手に思ってしまった、俺の自己満足に付き合っていただけませんか？」

「え？　い、いえ、でもそんな……」

　意図の見えすいた俺の言い回しにはさすがに頷《うなず》かない雷原さん。だが、この話にはまだ続きがある。

「……ストーキングについてお詫《わ》びしたい気持ちがあるとおっしゃっていたはずです。なので、この話を受けていただくことを、許す条件としたいなと」

「あ……」

　こうすれば、彼女は遠慮できないだろう。

「…………あの、……すみません、なにからなにまでお気遣いいただき……」

「オーケーということでいいですか？」

「は、はい……」

　よかった、うん。

「どうにか望む形になればいいですね」

「地藤さん……」

　彼女は、こちらの瞳をまっすぐ見据える。そして。

「ありがとうございますぅぅ……」

「っ！　い、いえ」

目を弓形《ゆみなり》にしならせ、口を三日月のように割る、あのニィイイッとした笑い顔。美しいけれど、どこか底知れず恐ろしく。

……だいじょうぶ、だよな？　…………実際に地雷系なわけじゃ、ないんだよな。

そのはずだよな、うん。

2章 お弁当を作るのは合法

「地藤《ちふじ》さんは、ここ、来られたことは？」

「たまに、ですね」

一週間を空け、また回ってきた日曜日。俺と雷原《らいはら》さんは、約束通りふたりでいっしょに出かけていた。

「そうなんですね。わたしは結構頻繁に――妹たちがいたころは……ですが……」

どよんと表情を曇らせ、肩を落とす雷原さん。

俺たちが来ているのは、市内の大型ショッピングモール。地方都市の休日において、ド定番な選択肢だ。

実際、見渡す限り家族連れや恋人たちがたくさんいる。

「……い、いいえ、今日からわたしは変わるんでした！」

「その意気です、がんばりましょう」

「はい！」

グッと拳を握る雷原さん。もちろん今日は地雷系ファッションである。

「さて、いっしょに買い物をするというシチュエーションなわけですが、そこで『相手に甘えるような行動をする』となると、やはり自分の行きたい店へ行きたいように連れ回して、なんなら荷物持ちにもして、的なことが考えられるかと」

内容としてはかなりライト、じゃないだろうか。

一言で甘えると言っても、恋人がやるような親密なものから、単に行動としてわがままに振る舞うというものまでいろいろある。

たとえフリだけだとしても、さすがにいきなり前者をやるのは厳しすぎるだろう（そもそも、男として好きなわけではない俺相手にやるのは嫌だろうし）。

そこでまずは、とにかく後者をいろんなシチュエーションで試してみることにしたのだ。

「遠慮なく、好きに連れ回してください。どこに行きますか？」

「ありがとうございます！　ではっ…………」

「はい」

「…………………」

「……？」

「…………………………………………………………………………………」

「………………ら、雷原さん？」

いつまで経《た》っても、雷原さんの唇から続きの言葉が紡がれない。思わず声をかけ、そして改めてよくその様子を見ると……、

「雷原さん、だ、だいじょうぶですか⁉」

「……はっ、……はっ、……はっ」

「雷原さん！」

彼女の顔には大粒の汗が浮かび、全身は小刻みに震えている。

「ち、地藤さん……！　す、すみませっ、あの、あの……、ぜ、ぜ……」

「ぜ？」

「……全然出てこないんです‼　自分のために、自分が行きたいところなんて‼」

彼女は自分の顔を両手で覆い、震える声でそう叫んだ。

「それも、『自分の行きたいところへ人を連れ回す』なんて思うと、よ、余計に！」

「い、いえ、なるほどわかりました！」

彼女を落ち着けるように声をかけながら思う——これは結構、根深いのかもしれない。

それこそあらゆるジャンルの店が所狭しと並びに並んだこの場所で、自分のために、と

なるとどこにも行きたい場所がない、か。

「こ、こういうところがダメなんです。……自立していない……」

自分のやりたいことをやろう、それこそが素晴らしいものなんだ、なんてメッセージが溢《あふ》れる現代は、きっと雷原さんにとってすごく生きづらいのだろう。

「まだ最初ですから、うまくいかないことはあって当たり前です。そうですね……では、もっと簡単そうなものからいきましょうか」

「は、はいっ」

「では…………よし、いっしょに適当に店を回ってみましょう。それで、疲れたときに『疲れた』と言ってください」

思いつく限り、とびきり簡単なものがこれだ。

「わかりましたっ、そ、それならきっと……」


「……地藤さん」

「はい」

「ごめんなさい、あの……」

ふたりでブラブラと、さまざまな店を普通に見回ってしばらく経ち、雷原さんは言った。

「どうしましょう……そもそもぜんぜん疲れなくて……！」

甘える甘えないとは別の問題が出た。う～～～ん。

「いや、いいことではあるんですが。……結構歩き回ったと思いますけど、まったく？」

「足腰が強いみたいで。昔から妹たちを抱っこしたり、運動に付き合ったりしてきたからかしら……」

華奢《きゃしゃ》でか弱いイメージのあるその地雷系ファッションとは、またしても裏腹な個性である。つくづくギャップのある人だ。

そういえば、初めて話しかけられたあのときもかなり健脚だったな。

「なにかスポーツやったりはしていないんですか？」

「うう～ん、スポーツは……たとえば学校でマラソン大会をやったときは、がんばって走ってる周りの子たちの疲れた顔が、もう気になってしまって気になってしまって！」

「ああ……」

「特に辛《つら》そうな子を見つけては、つい『だいじょうぶ？　休む？　お水飲む？』って話しかけていたら先生に怒られてしまって……」

「な、なるほど……」

妹たちがスポーツ留学するくらいだ、そもそも雷原さんは元からしてかなりのフィジカルエリートなのかもしれない。

才能があるのは素晴らしいことだ。だが、気質が合ってないと競争や勝負ごとは難しいか。

「あっ、地藤さんはお疲れではないですか？　だいじょうぶですか？」

「いえ、俺も全然平気です。飲食店のバイトは体力勝負ですから」

「そうなんですね。でも疲れたら言ってくださいねっ」

そう気を配ってくれる雷原さんは、……わがままが言えなくて汗をかいていたときとは違い、ものすごくイキイキとした顔だ。

「そうだっ、せっかくですし地藤さんはなにか買いたいものはないんですか？」

「俺ですか？　俺は…………ああ、水回りの掃除するための諸々《もろもろ》を買わなきゃなあとは思ってて」

「まあ〜っ！　そうですかぁぁ……！」

ニィイイッと、雷原さんが彼女特有のあの笑顔を浮かべた。

……まずいような気がする。

「行きましょう行きましょう！　一階に品揃《しなぞろ》えのいいところがありますから！」

「いや、あの、雷原さん」

「すっかり暖かくなって、これから梅雨《つゆ》もきますからカビ対策はしたいですよね～。おすすめのものがありますよ、使い方も簡単で！」

　地雷系ファッションに身を包んだその人は、熟練の主婦そのもののセリフを口にしながら、俺を連れていく。

「見てください、この通りほんとうにいろいろなグッズがあるんです。ここで大事なのは、ご自分の生活環境と習慣に合ったものを選んで、無理なくお掃除できるようにすることです」

「な、なるほど」

「定番のものだとこのあたりですが、人が使っているかどうかではなく地藤さんのお家に最適かどうかで……、地藤さんのお家の水回りはどのような？」

　淀《よど》みのない説明にハキハキとした声。……完璧にスイッチが入ってしまった感がある。

　人のために自分の知識を使えるとなった途端、雷原さんの顔はキラキラと輝く。今日やるべきはずだったことからどんどん離れているのがわかるが、そんな彼女にそれが言えない。

「ええと……、まず洗面所はこんなタイプの形で、水栓はちょうどこういう形で」

「ふんふん、でしたら――」


「よしっ、これくらいでひとまずはだいじょうぶだと思いま…………………………っは！」

雷原さんが今日の目的を思い出したらしいのは、俺の手に考え抜かれた掃除グッズの詰まった買い物袋が提がってからだった。

「も、申し訳ありません！　わたし、わたし……！」

「すみません、こちらも止めるタイミングを摑《つか》めず」

「いえそんな！　……うう～、どうしてわたしはこうなんでしょう……」

ワナワナとその体を震わせて嘆く雷原さん。

「これじゃダメなんです！　言わなくちゃ、わがままを…………ええと、ええとっ、…………人のお世話とかじゃない、自分のためだけにやりたいこと、自分の、自分の……………うう～～～……っ！」

「ら、雷原さん……で、でも、俺はとても助かりましたよ、買い物に付き合っていただいてっ」

「ですがわたしっ、……ダメですっ、ダメなんです！　……自分のやりたいことを持てるようにならなきゃ……」

もはや青ざめ始めた彼女の顔を見て、いたたまれず俺は思わず問いかける。

「……人のお世話をする、というのがやりたいことではダメなんですか？」

「ダメです！　他人に依存しない、自分自身のためにやりたいことを思いつける自分にならなきゃ……だって、だって……」

がっくりと肩を落として、雷原さんは小さく小さく、あるいは俺に聞かせるつもりはなかったのだろう声量でつぶやいた。

「……わたしのお世話は、結局最後には迷惑をかけるんです」

どういう意味ですか、とはとてもじゃないけれど聞ける雰囲気ではなくて。

しかし、俺はこれの意味するところを、すぐに意外な形で知ることになった。

「元気に咲いてる咲いてる。アタシらの仕事が、文字通り花開いてるよ〜」

雷原さんと出かけた日曜日が終わり、月曜日。

学校の昼休みに俺は、クラスメイトの女子——草壁《くさかべ》さんといっしょに中庭の花壇へ水やりに来ていた。俺たち園芸委員の主な仕事だ。

「水のあげ甲斐《がい》があるな」

「ね～！　アタシこっちからあげてくよん」

「わかった、じゃあ俺はこっちから」

草壁さんと手分けして、今日の分の水やりを進めていく。

来週にも梅雨入りだ。そうなったらこの仕事の機会は少なくなるな。

「梅雨になったら、アタシら廃業かな。全自動水やり時代に突入～」

同じことを考えていたのか、草壁さんがそんなことを言う。

「もうそんな時期かぁ」

「うちの学校にはないけど、紫陽花《あじさい》も咲き始めてるもんね。地藤くんはあれ行くの？　紫陽花まつり」

「紫陽花まつり……？　……あ、近くでやってる春の花見の梅雨版みたいなやつ？　いや、行ったことない。予定もないな」

「あれ、土日は出店とかも出るし、映《ば》えるフォトスポットもあるから結構カップルいるよ。ちょ～どいいんじゃないっすかあ、地藤くんには」

「……え、なんで？」

思わず草壁さんの方を見ると、彼女は「アタシ知ってるんすよお」と悪戯《いたずら》な顔で笑う。

「舞衣《まい》に聞いたんだけどぉ、あ、三組の舞衣ね。地藤くんと二年のとき同じクラスだった子。……で、昨日、地藤くんデートしてたらしいじゃん女の子と。ショッピングモールでぇ」

「……すごいな、さすが女子の情報網」

「地藤くんといっしょにいた子、目立つ感じだったたって言ってたよ舞衣。超かわいかったって。地雷系ファッションに全然負けないつよつよの顔面偏差値だそうじゃないですか」

「それはその通り。なんだけど、彼女じゃないんだよ」

「え〜！　違うの⁉　ふたりっきりだったたって舞衣言ってたのに！」

「ふたりきりだったけど、違うんだ。雷原さんとは……」

……なんて言ったらいいんだろう。普通に友だちでいいんだろうか。まだ一日しかいっしょに遊んでいないが、俺としてはそんな感覚ではあるが。

しかし、俺も高校生活三年目なのでわかる。男女がふたりきりで出かけたなんて話を聞いたなら、簡単には引き下がらないのが女子高生だ。

絶対に飛んでくるであろう、なんでふたりで出かけたの？　にどう答えたらいいものか。

……難しいな、どうしよう。

正直に雷原さんの事情を話すわけにはいかない、さて――


「雷原？」


カランと、草壁さんの手から落ちたじょうろが花壇の縁《へり》に当たって音を立てた。

「……草壁さん？」

てっきり矢継ぎ早に質問を重ねてくると思っていたそのクラスメイトは、凍りついた顔でこちらを見ていた。

「く、草壁さん？　どしたの？」

「……え、あ、あ………あ、あはは、ごめんごめん、じょうろ落としちった。よかった、中身あんまりこぼれてないや。いやいや、もう空っぽに近いからそりゃそうか、うんうん」

草壁さんは元からとても賑《にぎ》やかな人ではあるが、どこか不自然なくらいに早口だった。

彼女は近くの水道でじょうろに水を汲《く》み始める。

その手が震えているように見えるのは、気のせいだろうか。

「…………えと、あのさ、……雷原、って、…………名前、なに？」

「甘音《あまね》。雷原甘音さん、だけど」

ガランと、水汲み途中のじょうろが、またしても草壁さんの手から落ちて音を立てた。

「……草壁、さん？」

「っ違うの!!」

バッとこちらを振り向いて、彼女は叫ぶように言う。

「違う！　アタシ、ほんとにサッカー好きだから!!　ほんとなの!!」

「……え、えと……？」

唐突な言葉に俺は固まる。……サッカー？　なんの話だ？

草壁さんが、たしか女子サッカー部に入っているのは知っているが。

「……あ、…………ごめん、意味わかんないこと言った」

「いや……」

もはやはっきりと震える手で、転がったじょうろを拾う草壁さん。

……さすがに、聞かないわけにはいかなかった。

「……知り合い？　雷原さんと」

「…………同じ、中学。中高一貫の私立のあそこ。アタシ、あそこの中等部通ってて」

「あ、そうだったんだ。……そっちの高等部じゃなくてこっちの学校に来たの、女子サッカー強いから？」

どう話を広げていくべきなのかと手探りで、とりあえずそんなことを聞いてみる。

「……アタシが中三のとき、昔女子サッカーでオリンピックに出た人がこの学校のコーチになったの。実はずっとファンだった人で……。アタシ、それ知って『じゃあ高校はそっち行きたい！』って」

「へえ、ほんとにサッカー好きなんだな」

「……うん、大好き。仕事にできるかどうかはわからないけど、人生、ずっとそれやってくんだって思ってる。……大好きなの、ほんとなの、ほんとに」

疑ってなんていない俺にわざわざそう繰り返す姿は、誰より自分自身に言い聞かせているように見えた。

「…………雷原さん、サッカー部のマネージャーやってくれてたの」

しばらくの沈黙の後、草壁さんは口を開いた。

「面倒見てる妹さんたちが大きくなって手がかからなくなってきたから、放課後の時間になにかしていたい、って。そんな理由で、中等部二年の春から」

「へえ、雷原さんらしい。面倒見良いもんな。あそこまでの人、俺、人生で初めて会ったかもしれない」

「…………」

草壁さんの重たい無言が会話に挟まる。

……なんだ、なにがあったんだ？　喧嘩《けんか》とか……いや、そういうのでもなさそうな気が。

「…………地藤くんの言う通り、雷原さんはものすごく面倒見がよかった。なんにでもすぐ気がついて、『やってくれない？』って言葉の発音をアタシたちが忘れちゃうくらいに、なんでもかんでもしてくれた」

想像がつく、まさに雷原さんという感じだ。

「最初の一ヶ月は、すごすぎてちょっと戸惑うくらいだった。二ヶ月目にはすっかりアタシたちも慣れて、『全国一のマネージャーが来てくれた』ってみんなで喜んでた。三ヶ月目に入ってもそれは変わらなくて、すっかり雷原さんが来る前を思い出せなくなって」

おかしくなったのは、夏に入ったあたりからだった。

そうつぶやく草壁さんの声は、いやにはっきりと聞こえた。

「夏の大会が近づいて、練習も厳しくなって。アタシたちは、……アタシは、つい雷原さんに甘えることが多くなった。あれやって、これやってって。雷原さんは、全部受け止めてくれた。すごく、すごく、すごく…………楽だった」

素晴らしいマネージャーの話のはずなのに、じっとりと空気は重く。

「夏休みに入って、サッカー漬けの毎日になって、練習は辛《つら》いけど、雷原さんは他のあらゆることを楽にしてくれて、それはすごくありがたくって、素敵で、快適で、体がゆっくり溶けていくみたいで……」

そこで言葉を一旦切った草壁さんは、地面に転がっていたじょうろを拾い、こぼしてしまった分を汲み直す。そして花に水をやりながら、やがて続きを口にした。

「アタシね、ある日、グラウンドに行って、思ったの。サッカーボールを出して、さあやるぞって声あげながら、思ったのよ。――なんでこんなたいへんなことしてるんだっけ、って」

「っ……」

「サッカー、大好きなの。ほんとなの。嘘《うそ》じゃないの。なのに、初めて思った。『なんで』って、『こんなこと』って。わざわざアタシなにしてんだっけ、って。だって、楽で快適でなんにもがんばらなくていい空間があるのに、って」

「……草壁さ」

「怖かった」

俺の言葉に被《かぶ》せて、草壁さんは凍りついた温度の声を吐く。

「怖かった、怖かったのすごく。アタシからサッカーがなくなっちゃうって思った。いつの間にか、アタシの世界のいちばん大事な歪《ゆが》めちゃいけない真ん中が、硬く作った支えの部分が、ぐにゃぐにゃになってた。あっちこっちが歪み始めて、まっすぐ歩けないの」

……俺には草壁さんのように夢中になれるものがないから、彼女の感じた恐怖について、きっとほとんどわかっていないのだと思う。

「…………怖くて、でも怖いって気持ちがせめてある間に動かないとダメになるって思って、チームメイトに相談したら、…………あはは、みんな同じだった。中には、退部届をもう書きかけてる子までいた」

だが、話から窺《うかが》い知《し》れる程度のディティールだけで、背筋はすっかり薄ら寒い。

「……結局、両手を挙げて大歓迎してありがたがっておいて、全員そろって地面に手ぇ突いて土下座かまして出てってもらった」

「…………そ、っか」

「大袈裟《おおげさ》に思えるかな。アタシたちが変に見える？　ただお世話してもらっただけのことで、って。でもね、まったく同じことが次はバスケ部で起こった」

「え……」

「『そんな優秀なマネージャーをなんで手放すの？　ぜひうちに』って言ってね」

「……雷原さんが仕事をしなかったとか、部員と喧嘩したとかで辞めてるわけじゃないから……」

「うん、そう。『支えすぎるから』なんて理由で追い出されるマネージャー、取らないわけがないって。バスケの子たち、『うちは厳しいから、いくら支えられても足りないくらいだ』って笑ってた」

その判断自体は、決して間違いじゃないはずだが……。

「で、わたしたちと同じく季節ひとつ分くらいしか保《も》たなかった。……あの学校、文武両道でスポーツも強豪ぞろいだから、気の利くマネージャー欲しがってる部なんて他にもたくさんあってね」

「まさか……」

「六つ。『ぜひぜひお願い、困ってるんだ』って雷原さんを誘い入れて、『もう無理だ』って潰れかけた部活、サッカー部を含めて計六つ。…………あ、いや、違うごめんっ」

そこで草壁さんはパッとこちらに顔を向けて、申し訳なさそうに言う。

「違うの、雷原さんが悪いって言ってるんじゃないっ。潰れかけた、は違う、違うよ。ごめん、言い方間違えた。……その……、えと……」

「うん、わかってる、だいじょうぶ」

「ら、雷原さんには、今でも感謝してる……！　すごくすごく、良くしてくれたのっ。アタシたちのために、できることいっぱいしてくれた……だから、だから……」

感謝を口にする草壁さんだが、その顔はひどく固く、居た堪《たま》れないくらいに強張《こわば》っている。手はずっと震えっぱなしで。

「……あ、……草壁さん、その花、水あげすぎかも」

「え？　あっ、……っそう、だね、ごめん」

俺の言葉に、草壁さんは傾けていたじょうろを慌ててサッと引く。

「……あはは、…………ダ、ダメだよね。……そうだよね」

──水あげすぎたら、腐っちゃうもんね。

俯《うつむ》いて、彼女はポツリとそう言った。

♡

「おー、賑わってる賑わってる」

日曜日、俺は隣街の端っこまでやってきていた。あちらこちらに『紫陽花《あじさい》まつり』ののぼりが並び、その名に違《たが》わず色とりどりの紫陽花が咲いている。

街中の散策ルートからちょっとしたハイキングコースまでの一帯を会場として、道中に咲いた紫陽花を楽しむ——的なイベントがここでいう『紫陽花まつり』らしい。

「……ほんとだ、同年代のカップルも結構いるんだな」

つい、そうつぶやいてしまう。

名前だけは知っていたこのイベントについては、年齢層高めの落ち着いた大人の人たちばかりが来るものだと思っていた。

実際は、自分のような十代やすこし上の二十代もいて、あちらこちらで写真を撮っては楽しんでいる。なるほど、草壁さんの言っていた通り映えるから人気なんだな。

「…………」

草壁さん、といえばもちろんあのときの話を思い出してしまう。中学時代の雷原さんにまつわるあれこれ。

……雷原さんが『わたしのお世話は、結局最後には迷惑をかける』と言っていたことの意味がわかった。あんな経験をしていれば、たしかにそう思ってしまうのも無理はない。

草壁さんもトラウマになっている様子だったが、雷原さんにしたってそうなのだろう。

……なんとか、力になってあげられればと思う。

「地藤さ〜ん！」

「雷原さん、おはようございます」

そんなことを考えていると、ちょうど彼女がやってきた。地雷系ファッションが今日も完成度の高い、雷原さんである。

「ごめんなさい、お待たせしてしまってっ」

「いえ、俺が早く来ていただけなので」

まだ待ち合わせの十五分前。来たことのない場所だったので、俺も早めに家を出たのだ。

「天気も大丈夫そうでよかったです」

「はいっ！　お花も綺麗《きれい》ですねぇ」

周囲を見渡しながら、朗らかな表情を浮かべる雷原さん。

「ですね」

相槌《あいづち》を打ちながら、思い出す。

それは、草壁さんが水やりの終わりしなに言ったことだ。

『……雷原さん、さ。…………優しくて、綺麗で、あったかくて、……アタシ、すごく感謝していて』

『でも、だけど……今になってあの夏のことを思い返すと、……ごめん、……アタシ、どうしても……』

『――自分たちとは別の種類の生き物といっしょにいた、としか……思えないの』

「……地藤さん？　どうかされました？」

「………いえ。早速、歩いてあちこち見て回りましょうか。……あ、雷原さん、お荷物お持ちします」

「いえそんな！　じ、自分でこれは持てますので」

「重そうですから。はは、店長に言われているんですよ、女性に荷物は持たせるなって」

なんて言い方でもしない限り、渡してくれなそうだったので、叔父さんごめん。……そのようなこと言ってたよなたぶん。言ってた言ってた、言ってたということでひとつ。

「見栄《みえ》だけ張らせていただけると」

「……すみません、ありがとうございます」

はにかむ彼女から肩下げのバッグを受け取る。……ん、結構ずっしりしてるな。やっぱり持たせてもらってよかった。

「ごめんなさい、その、男性と出かけるときの作法に疎いもので……」

「俺もわかってないですよ」

放課後も土日もずっとバイト漬けだったので、女子とどこかに出かけた記憶はない。

「……ところで、このバッグ」

「え？　……あ、や、そ、それは……！」

中になにが入っているんですか、と俺が聞く前に雷原さんは慌て出す。

「……なんでも、ないんです！　別にそれは、なんでも……」

「……ほんとうですか？」

「………え、ええっとぉ」

フラリフラリと視線をあちこちに彷徨《さまよ》わせ、その細く白い手を組んだり離したり組んだり離したり。

絵に描いたような挙動不審さだ。

このバツの悪そうな様子、そして重みの感じからして、……もしや。

「……お弁当とか、ですか。俺の分も含めて」

「っ、……っ、…………っ」

口をパクパクとさせ目を見開きプルプル震えた雷原さんは、やがてがっくりとうなだれた。

「で、出来心だったんです……！」

「い、いえ犯罪を犯したわけではないのですから……」

「だ、だって！　……人に甘える練習をしようという人間が！　お弁当作ってきてどうするんですか！」

それは完全にその通りだ……。

「ごめんなさい、のっけからこんな……！」

「まだこうして出かけるのも二回目ですし、雷原さんらしさが抜けないのは仕方ないかと」

「でも！　……うう、わ、わかっていたんです！　こんなことしちゃいけないって！　ダメなことしてるって！　で、でも、でも『誰かのためにお料理作れる』と思ったら、て、手が震えて、頭の中にドバドバと快楽物質が……！　気持ちよくて止まらなくてぇ！」

ダメなこと、手が震える、快楽物質、気持ちよくて止まらない。今の地雷系ファッションでそういうことを言うと、とても危ない感じがあるな……。

「お弁当を作るのは合法ですから」

「でも脱法です！」

「脱法ではないです」

そんな周りに聞かれたら誤解されそうな会話をしながら、彼女はその整った顔をクルクルと表現豊かに変化させる。

ともすれば近寄り難い美貌だけれど、とても親しみやすい人で。

「たしかに目的には沿わないですが、ありがとうございます、嬉《うれ》しいです。さ、いろいろ見て回りましょう」

「す、すみません……そう言っていただけると……つ、次は気をつけますので……！」

……『自分たちとは別の種類の生き物といっしょにいた、としか思えない』か。

草壁さんがそうまで言った気持ちは、さすがにピンときていない。今、俺の隣に並んでいっしょに歩き始めたのは、人間味に溢《あふ》れた女の子だ。

「でも、すごく楽しみです、雷原さんが作ってくださったお弁当」

「ほ、……ほんとうですかぁぁ……！」

「っ、え、ええ……」

……いや、その、このニィイイッとした妖しい笑顔だけは、たしかに人ならざる凄《すご》みがあるけれど。

「やっぱり多いのは家族連れの方々でしょうか。賑《にぎ》やかでいいですね」

　隣を歩く雷原さんが、周りの様子をぐるりと見渡しそう言った。たしかに、いちばんのボリュームゾーンは休日の家族連れのように見える。

「ちょうどいい出かけ先なんでしょうかね」

「だと思います。……考えてみればわたしも、ここに来るときはいつも家族とでした」

「そうか、雷原さんは何度かいらっしゃったことがあるんですよね」

　ここを行き先に提案したとき、そんなことを教えてくれた。

「はい。縁起のいいイベントだからって父が」

「縁起？」

「紫陽花の花言葉のひとつが『家族団欒《だんらん》』なんです。小さな花が寄り添い集まって出来ているから、だとか」

「へえ、なるほど」

　知らなかった。しかし、聞けば納得だ。

「地藤さんは、初めてでしたよね」

「ええ、……こういうイベントとは縁遠くて」

　家族団欒、ね。

美しい言葉だ。

「雷原さんのおかげで来られました、感謝です。……なんとか、今日こそお力になれるといいのですが」

「そんな！　わたしこそ、今日こそがんばります！」

今日は前回のリベンジだ。目標は同じく、わがまま振る舞いの初歩の初歩、疲れたときに正直に「疲れた」と言うこと。

前回はそもそも、雷原さんが疲れなかったため挑戦すらできなかった。

しかし今回は、こうして紫陽花を楽しみながら歩いていけば、街中からちょっとしたハイキングコースまで行くことになるので、健脚の雷原さんといえどさすがにどこかで疲れてくるはず。

俺たちは花を眺め、とりとめもなく会話を交わしながら、順調にコースを進んでいく。

気がつけば街中を抜け、自然の匂いがグッと濃くなってきた。

「もうちょっと行った先に神社があって、そこに続く石段が名所のひとつなんです、脇にズラッと紫陽花が咲いていて。綺麗ですよ～」

「いいですね。せっかくだからお参りもしていきましょうか」

なんて話をして、しばし。

やがて目の前に現れたのは、かなりの威圧感を放つ長さと角度の石段だった。

「おお～」

話通り、脇に咲いた紫陽花《あじさい》の列は見事だ。そして、それはそれとしてとにかく鳥居が遠い。自分の口から漏れた小さな歓声は、果たしてどちらに対してか。

「なるほど、紫陽花を楽しむ時間がたっぷり取れるようになっていますね」

「ふふ、そうですね。石段の長さも名物のひとつかもしれません。……あ、疲れてしまったら途中でおっしゃってくださいねっ。無理せず休んでいきましょう！」

「……雷原さん」

「え？　……あっ。…………も、もちろんわたしも言いますね！　はい、もちろん！」

あせあせと言葉を重ね、雷原さんは最後に力強く頷《うなず》いた。

「……おぉ、角度ありますね」

実際に登り始めてみると、その急な傾斜を実感する。いい運動になりそうだ。

「そうなんですよ～。滑らないよう気をつけてください」

「ありがとうございます、そうします」

……流れるように気遣ってくれる人だ。もはや天性なんだろう。魂の形がそうなっているのだと思う。

「うえ〜、もう無理！　キッツ！」「つかれた〜！　も〜！」「何段あんねんこれ！」

自分たちより先を行く大学生くらいのグループから、そんな声が降ってくる。一方で隣を見れば、

「あらあら……お荷物とか持ってあげるのは……、いきなり声をかけたら失礼かしら」

そんなことをつぶやく、見た目はか弱そうな地雷系ファッションの女の子。

……ツッコみたいことが複数あるな。

——でも。

自然の中にある神社、そこに続く長い石段。脇にはズラリと紫陽花が咲いて、降る木漏れ日がところどころを明るいトーンで塗り直す。

この幻想的ともいえる自然風景をバックに、それらと強く不調和なテーマの服装を纏《まと》う彼女の姿には、……こちらがつらつらと考えているそんなことなど、ともすれば吹き飛ばしてしまうほど濃密で魔性めいた美しさがあって。

「……地藤さん？」

「え、あ、……いえ」

思わずじいっと見つめてしまっていた。

……自分たちとは別の種類の生き物といっしょにいたとしか思えない、か。草壁さんのその言葉は、まさか見た目のことを言っているわけではないのだとは思う。

だが奇《く》しくも俺もいま、「この人は精霊や妖精かなにかかもしれない」と感じてしまった。

「……よいしょ、っと。……着きました！」

「いい運動になりましたね」

石段を抜け、俺たちはようやっと境内にたどり着いた。高い場所に来たからか、登り切った解放感があるからか、それとも神聖な場所だからか、抜けていく風がひんやりとして気持ちいい。

「ええ、ほんとに！　ふ～、さすがの長さでしたね」

お？

見た目とは裏腹な足腰の強さを持つ雷原さんだが、さすがに疲れが溜《た》まった様子。

よし、いいぞ。前回と違い、条件的には「疲れた」と言えるところまで来た。

「……あ、地藤さん」

「はい」

さっそく来るか？　初歩も初歩だが、雷原さん的には大きな一歩の一言が――

「汗掻《か》いてらっしゃいますねっ、ハンカチありますよ！」

ズッコケそうになった。違う、違うんだよ雷原さん。

「ありがとうございます。でも、自分のハンカチがありますので」

自分の汗で汚すのも申し訳ないのでそう断ると、雷原さんは見るからにシュンと残念そうな顔をした。……もし違ったら俺の恥ずかしい勘違いでいいのだが、あのまま受け入れていたら、彼女は手ずからこちらの汗を拭こうとしていた気がする。

ともあれ、雷原さんが疲れているのは間違いないだろう。

「雷原さん、お参りをしていきましょう」

「はい」

立ち止まって休んでしまっては意味がない。俺はそうやってすぐに次の提案をし、なるべくテキパキと動く。

お参りを済ませた俺たちに、次に待っているのはもちろん……、

「さ、今度はこれを降りる番ですね」

俺は石段を見下ろして言った。これでさらなる疲労も溜まるはずだし、そこまで歩けば「疲れた」の一言も言いやすくなるだろう。

「ですね～、がんばりましょうっ」

胸の前、両手でグッと握り拳を作る雷原さん。彼女とふたり、急で長い石段を降りていく。

「家族で来られたとおっしゃっていましたが、妹さんたちもたいへんではなかったですか？　ここまで長い階段だと」

「ふふ、そうですね。でもここをすこし行った先に出店が並んだ広場があって、そこに早く行きたいものだから」

「ああ、なるほど」

弱音より食い気は、健全な証《あかし》だ。

そういえばそろそろお昼時か。意識した途端に、ほんの小さく腹が鳴る。午前中から歩き詰めだったからな。

まあ俺のそんなことは今はどうでもいい。雷原さんの話である。

話をしながら彼女の顔をそれとなく確認すれば、うっすら汗が浮かんではいるようだった。この石段登り降りの前にもかなりの距離を歩いてきているので、疲れていないはずがない。

いっしょに歩く人が疲れるのを願うだなんて変な話だが、……『自分のお世話は迷惑を掛ける。だから変わらなくては』と肩を落として語っていた彼女の様子を思い出すと、そうせざるにはいられなかった。

「よっ、と」

そんな声をこぼしながら、やがて俺は最後の一段を降りた。登りと同じくらいの時間がかかったろうか。雷原さんも横並びでいっしょだ。

さて。

……雷原さん、疲れてませんか？ と俺が聞くのはナシな気がする。彼女が自分から自分の要望を言ってこそだ。

なんて思っていると、

「地藤さん」

じっとこちらを見つめて、彼女が俺に声をかけてきた。

「……ごめんなさい、あの……」

わがままを言うことになってごめんなさい、のごめんなさいだろうか？ よしよしよし、どうだ今度こそ！

「お腹《なか》！　空《す》きましたよね！　気づかなくってごめんなさい〜！　広場に行ってお昼にしましょう〜っ！」

　いい笑顔。

　とてもいい笑顔だった。

　……そうか、俺の腹の音が聞こえていたのだろうか。あまり大きくもないと思ったのだがよく気づいたな。

「いえ、あの、……ええと、雷原さん」

「はいっ」

　はいっ、ではなく。

　その顔にはやはりすこし汗も浮いている。『自分が休みたいけどそれを言い出せないから、人の空腹を理由に挙げている』みたいな可能性もなくはないが、……そういう人じゃない。それくらいは、いくら短い付き合いの俺にだってわかる。

　単に、とにかく、自分の疲れよりも誰かの空腹が気になってしまう性質《たち》なのだ。

「…………あ。いえ、あの、そうだ、ええと、これじゃダメなんだ、ええと、ええと」

　自分でもまた気づいたらしい雷原さんは、あたふたと慌て始める。

「疲れ、うん、疲れ、そう疲れている気はする、自分の疲れを口にする、休みたいって言う、自分が休みたいからそうしようって、うん」

小さく自分に言い聞かせるようにつぶやく雷原さんだが、

「……すみません、お恥ずかしい」

最悪なタイミングで、俺の腹が大きめに鳴る。

「いえっ、そんな！　……でも、その、……やっぱりお腹空いてますよね……。お弁当、足りると思うのですが、同年代の男性がどれくらいお食べになるかわからなかったので……うーん」

「ええと、その」

「足りなかったら、地藤さんが召し上がっている間にわたし、出店で何か買ってきますね！　何がいいでしょう、いろいろあるんですよね～」

もう完全に俺の腹が空っぽなことで頭がいっぱいの雷原さんだ。

う～～～～ん。

……失敗か。

「またしても不甲斐《ふがい》なく……お恥ずかしい限りで……」

　地雷系ファッションの特徴的なシルエットが、ズーンと肩を落としてうなだれている。

「疲れた」と言うチャレンジ失敗に落ち込んでいるのだ。

「いえ。……そんなに落ち込まないでください、それだけ雷原さんの悩みが深いということなので」

　広場のテーブル付き休憩スペースで向かい合って座りながら、俺がそう声をかけると、顔を伏せたまま雷原さんはポツリと言った。

「……なんにもないんです、わたし」

「え？」

「こんなに他の人のことばかり気になるの、それにばかり心が行ってしまって自分自身のやりたいことが他にないの、……なにか理由やきっかけがあるわけじゃないんです。……たとえば両親に甘えられない環境で育ったとか、そういうの一切ないんです」

「…………」

「わたしは、恵まれています。我ながら、幸せな家庭で育ててもらったと思います。だから、だから、……なのにどうしてまともな性格に育てなかったんだろうって」

「……後ろめたい？」

「……はい」

俺はつくづく実感する。恥じている、と言ってもいいかもしれない。

悩みの形は、人それぞれいろいろあるものだ。わかってはいるはずのそんな常識が、結局頭の中に染み込んでいなかったことを思い知らされる。

温かくまともな環境で育ったからこそ、自分の性質に後ろめたさを感じてしまう辛《つら》さ、か。想像したこともなかった。でも、きっとそれはそれで苦しいことなのだ。

「……せめて、今からでも変えなくちゃ。また周りに迷惑を掛ける前に」

「それは、……あ、いえ」

雷原さんの中学時代に起きたあれこれについて、それを知ってしまったことを俺は言えていない。掘り返すことで彼女に痛みを再認識させるのが躊躇《ためら》われて。

「……お昼、いただいてもいいですか？　実は、ずっと楽しみにしていたんです」

あまり自分を責めて暗い顔をしてほしくない。ひとまず話題を変えることにする。

彼女の作ってくれたお弁当が楽しみなのも、ほんとうのことだ。

「っあ、はい！　食べましょう！　ええとですね、よいしょっと……」

「おお……」

バッグからズルッと出てきたのは、大きな包みだった。単なるお弁当箱のサイズ感では

ないなと思っていると、包みが解《ほど》かれて顕《あらわ》になった中身は……、

「重箱」

「は、張り切ってしまいました……つい……」

パカリと蓋が開けられる。一段目の中には、ぎっしりと多種多様なおかずが詰まっていた。豪華で、なにより一目で手が込んでいるとわかる。

「ありがとうございます、……なんか今、感動しています」

「いえっ、そんな大したものでは」

「……こういうの、実は食べたことなくて」

自分の人生にはとんと縁がない代物だと思っていたが、わからないものだ。

「なるほど。お弁当のスタイルってお家でそれぞれですよね。雷原家は妹たちがよく食べるのと、わたしと父が料理好きのたくさん作りたがりなので、お出かけイベントのときはこれが結構定番でして」

言いながら、テキパキと重箱を分けていきテーブルへ広げる雷原さん。

それが終わると、今度出てきたのは太めの水筒。飲み物かと思ったが、カップに注いで出されたのは味噌汁《みそしる》だった。

「ごめんなさい、こういうのも入っているから重かったかと……」

「いえ、それは全然。……すごいですね、フルコースだ」

「そんなそんな」

なおも支度を続ける彼女を手伝いたいが、その手際が良すぎて介入のタイミングが摑《つか》めないのと、……なにより。

「お手拭き用の布巾です。お飲み物の入った水筒がこれで、コップはこちら。あ、お箸と取り皿はこれを使ってください」

楽しそうなのだ。つい先ほど沈んだ姿を目にしているから余計に、彼女の生き生きとした表情が鮮やかに感じられる。だから、水を差せない。

「お待たせしましたっ、どうぞどうぞ召し上がってください！」

「ありがとうございます、いただきます」

「あ、よければ取り皿によそいますよ！　なにがお好きですか？　男性だからやはりお肉でしょうか。あと揚げ物？」

自らの腰を落ち着けることなく、こちらの取り皿をささっと手にしてそんなことを聞いてくる雷原さん。その一連の流れは達人めいたなめらかさである。

「お野菜もぜひ食べていただきたくて、なのでこれとこれと…………………はっ！」

ピタリと止まって、先ほどのなめらかさとは対極的なギギギと油の切れた機械のような動きで、まさにおかずが載せられる寸前だった取り皿を、俺の方へ差し戻してくる。

「……ち、違いますよね！　こういうことをしてはいけないんです！」

「いけないということはないですが、そうですね、今日の趣旨とは……」

「はい！　変わるのです！　わたしは！」

力強い宣言だ。彼女がそこに揺るがない気持ちを持っているのは疑いようがない。

……ないのだが、それはそれとして。

「……雷原さん？」

「…………」

「ら、雷原さん？」

俺の取り皿から、まだ彼女の手が離れない。かと思ったら、そのままブルブルブルブル震え始めた。

「…………ハァッ、……ハァッ、……ハァッ、は、離します、そう、離すんです……人の、人のっ、お世話をしないっ、しない、しない……ハァッ、ハァッ、ハァッ、ハァッ」

まずい、たぶん禁断症状だ。我慢しすぎたのかもしれない。

「雷原さん、ゆっくり息をしましょう」

「ハァッ、ハァッ、ハァッ、ハァッ、ハァッ……！」

「雷原さん！」

……彼女から『人のお世話』を取り上げるのは、果たして正しいことだろうか。こんな風になってしまっているのに……。

……いや、こんな風になってしまっているからこれ以上はダメなのか？

難しいものだ。

3章　見てはいけないものを見ている

『へえ～、紫陽花《あじさい》まつりか～』

『家族でよく行ったな～。出店に美味《おい》しいのいっぱい出てるんだよねぇ』

あれが美味しかったこれが美味しかったと、タブレットの画面の向こう、妹ふたりは思い出を肴《さかな》に賑やかだ。

海外にいるふたりとこうして気軽に顔を合わせて話ができるのだから、技術の進歩はありがたい（昔はどうしていたのだろう？）。

『でもまさか、甘音《あまね》お姉ちゃんが雷原《らいはら》家御用達《ごようたし》のお出かけスポットへ、しれっと男とふたりでデートに行くとはねぇ』

「違うよ、デートじゃないって」

双子の下の方、花音《かのん》の言葉をわたしは苦笑して否定する。いまだに男女の恋愛感情をよくわかっていない姉のわたしと比べ、花音はよっぽどそのあたりの意識が強い子だ。

……高校三年生が中学一年生に情緒の発達で負けるとは、いったい？

「地藤《ちふじ》さんとはそういう関係じゃないの。お出かけしているのは、わたしの苦手克服に付き合ってくださってるだけ」

『いい人だね～。やさしそ～だし、なんか大人って感じ～』

双子の上の方、詩音《しのん》がマイペースな口調で言った。元気な花音とおっとりとした詩音、顔立ちはそっくりだが性格は正反対だ。

「そうなのよ。地藤さん、とてもいい方だし、同じ高校生とは思えないほど穏やかで落ち着いてて」

バイトをずっとしてきたと言っていたけれど、そういう社会経験を積むとああなれるのだろうか。大人っぽくて、なにが起きても動じず対処できそうというか。

「同年代の男子って、みんなあんな感じなのかしら」

クラスの友だちから彼氏の話をたまに聞くけど、もうちょっとやんちゃな印象があった。惚気《のろけ》の範疇《はんちゅう》だろうけど「ほんっと子どもっぽくてさ」なんて愚痴も聞いたし。

『ないない、同い年なら大抵、男って女より子どもだよ！』

花音が鼻息荒く言い切った。思うところがあるのかもしれない。妹は語気強く続ける。

『その人が特別大人なんだって。今回のお姉ちゃんの馬鹿みたいな奇行を受け入れるなんてさ。地雷系の格好でストーカーしてくる、ついでに言うならあんなに笑顔の妖しい女を相手に、普通は絶対そんなの無理だよ』

「はい……」

なにも否定できない。笑顔が妖しいというのもそうだ。自分ではあまり自覚はないのだが、特に嬉《うれ》しく感じたとき、わたしはまあまあ邪悪な顔になるらしい。

『で、そんな人に協力してもらったけれど、お姉ちゃんは成果を出せませんでした、と』

『でもさ～花音、甘音お姉ちゃんって感じじゃんそれ～。人に「疲れた」とか言う暇あったら、誰かのお世話して元気回復するタイプだよ～』

『そりゃそうだけどさあ詩音、わたしたちはよく知ってるから「そりゃそう」で終わりだけど、他所からしたら意味不明のびっくり生物でしょ。なんでそれで回復するのよ』

『たしかに～』

「うう……」

言われっぱなしだが、またしても一切否定できない。

『さんざお姉ちゃんに甘えてあれこれしてもらってきたわたしたちが言うのもアレだけど～……、やっぱり変えられるなら変えた方がいいのかな～、お姉ちゃんのその性格～』

「変えなきゃダメなの、お姉ちゃんは変わると決めたのです」

詩音へわたしがそう宣言すると、花音がこちらから目を逸らしつつ言う。

『……ま、応援はするけどね』

姉だからわかるんだからね花音、あなた全然できると思ってないでしょ……。

そう思わせる振る舞いをしてきたのはじゃあ誰ってわたしなので、なにも文句は言えないけれど。

『でもさあ、その地藤さん？　だっけ？　もさあ、すごいこと言うよね〜』

「？　すごいって？」

わたしが聞き返すと、相変わらずのマイペースな口調で詩音は答えた。

『え〜？　だって、疲れたときに「疲れた」って言うことが甘えだなんて、なんかすごくない〜？』

『はぁぁ？　詩音あんた、お姉ちゃんの話聞いてた？　あのね、そこまで思いっきり甘えのレベルを落としに落とさないとお姉ちゃんがダメだからでしょ？　お姉ちゃんがダメなの。うちのお姉ちゃんはダメなの。……あれ、何の話だっけ』

「わたしがダメな話です……」

『そうだよね、そうだった』

うんうんと頷《うなず》く花音。ダメなお姉ちゃんでごめん……。

『え〜？　違うよお、「疲れた」が甘えだなんてすごいって話で……花音の言うこと、よくわかんないな〜。うちのお姉ちゃんがダメだからとかそんなの関係なしにさ〜、「疲れたは甘えだ」って気持ちがないと出てこない言葉だから、それってすごいなぁって〜』

……そう言われてみれば、そうかも。花音の言うように考えていたけれど、詩音のような捉え方もあるのか。

わたしは、地藤さんがどういう方なのかまだまだわかっていない。……ストーカーをしていた負い目が重いので、こちらから探るようなことを言うのがとても憚《はばか》られたからだ。

そして地藤さんは、自分のことを積極的にあれこれ明かすタイプでもなさそうだった。

今日増えた情報といえば、重箱のお弁当が初めてだったことくらい。

わたしは、彼のことをよく知らない。

「う〜ん……、う〜〜〜〜〜〜んと……」

「ゆっくりで構いませんので」

紫陽花まつりへ出かけた日から一週間、またやってきた日曜日。

「……わ、…………わたしが観《み》たいもの、ですよねっ」

「そうです。雷原さんが、自分のことだけ考えて『観たい』と思うものです」

俺たちがやってきたのは、街の中心部にある映画館だ。

今まで『自分の買い物に連れ回す』『疲れたときに「疲れた」と言う』でそれぞれ失敗してきたので、今度はもうその場で一発すぐにできる内容のものにした。

映画館へいっしょに行き、自分が観たい映画を選ぶ、である。

最初の買い物のときも、「自分のために自分が行きたいところなんて出てこない」と言っていた雷原さんだ。このお題だって簡単ではないだろう。

だが、あのときは「いろんな店に連れ回すと思うと余計に難しい」とも言っていた。それと比べて、今回のわがまま感は減っているはず。また、疲れたと言うチャレンジと違って体の状態も関係ないので試しやすい。

なんてことをツラツラ考える俺の隣、映画館の壁に貼られた今日の上映リストの前で、雷原さんは悩み続けている。

「……観たいもの、観たいもの、わたしが観たいものを、言う………」

映画は好きだと聞いているので、興味がないわけじゃないのだ。ただ、こういう状況で自分の好きを通すのが、彼女の不得手だという話で。

下手に声をかけるよりも、ゆっくり待っている方がいいだろう。俺は館内の様子をなんとはなしに眺め、時間を潰す。

映画館、か。実はほとんど来たことがない。ずいぶん昔に叔父さんに連れていってもらって以来だろうか。

これから始まる楽しいことを待ち侘《まわ》びている顔もあれば、受けた衝撃の余韻に浸る顔もある。

そうか、映画館とはこういう雰囲気の場所だったか。休日の楽しみとするのにいい場所なんだろう、大多数の家庭にとっては。

……いや、思考が逸《そ》れた。

とにかく、今日は三度目の正直が成るか成らないかの話だ——

「…………地藤、さん！」

「っはい」

その瞬間は、意外にあっさり来た。

「……わたし、これが観たいです！」

「——はい、ぜひ観ましょう」

ひとつの映画のタイトルを指差す雷原さんに、俺は頷く。

がんばりましたね、なんてわざわざ告げるのは無粋だろう。自然に、それはあくまで日常の中に普通の顔をしてあっていいものなんだというように、彼女の提案を受けるべきだ。

「………で、でも地藤さんの好みではないかも……た、退屈させてしまうかも……」

「そんな。俺は観たいですよ、雷原さんが観たいと思ったもの。……ええと」

雷原さんが指していたタイトルを確認すると、……意外にも、ゴリゴリのアクションものだった。封切りされたばかりの、ハリウッド製の大作である。

「……あのー、こういうの、お嫌いだったりしますか？」

「いえ、まさか。むしろ……」

わかりやすく男臭いタイトルなので、こちらに気を遣ったようにも見えることが気になる。

そんな俺の思いを察したのか、雷原さんはブンブンと首を横に振る。

「観たいんです、ほんとに！　……じ、実は、この監督さんの作品は古いものも全部見ていて……ブルーレイも持ってます」

「あ、へえ、そうなんですね」

「はいっ、いつも妹たちといっしょに観に行っていたんですが、母や友人はこういうの好きじゃなくて、かといってひとりで観るのも寂しいなと思っていたところで……」

「そうですか、ならちょうどよかったですね」

そしてわかるのは、やはりさっきの時間は、観たい映画がなにかで迷っていたわけではないことだ。推しの監督作品が封切りされたばかりなら、雷原さん的に観たいものなんてこれで決まり切っていて、あとはそれを言えるかどうかの葛藤だったのだ。

「……よ、よかったです。……な、なんかすごい感覚……いいのかな……」

「いいんです、さ、チケットを買いに行きましょう。次の回の時間は……あのモニターに出てるのか。……ん、なんだあの表示」

直近の回に【４ＤＸ】と注記がある。……なんだそれ？

「あ、４ＤＸなんですね。映画の内容に合わせてシートが揺れたり、風や水しぶき、他には香り付きのミストが出たり、などなどするんです」

「へえ、おもしろそうですね」

そんなのがあるのか。……いや、言われてみればそんなのがあると友人から聞いた覚えがある。

「前に妹たちと体験してみましたが、ふふ、アトラクションみたいで……！」

「いいですね、ぜひそれにしましょう」

映画館ならではで、たいへんいい。

ちょうど次の回がもうすぐ始まるらしかったので、俺たちはチケットとドリンクを買い、シアターへと入っていった。


映画館に来たなと思うのは、建物に入るときではなく、薄暗いシアター内で本編開始前のCMを観ているときだと思う。

ドキドキの時間だが、今日のわたしの胸には別のドキドキがある。

——言えた！　言ったのだ、わがまま……らしきものを！

すごい気分だった。

自分の中に出来上がっているたくさんの歯車で出来た機械が、「なんか変なもの挟まったぞ⁉」と驚きながらギイギイ音を立てているのがわかる。

落ち着かない。ドキドキする……いや。

しっくりこない、というのがいちばん正直なところだ。

「………………」

この気持ちを誤魔化《ごまか》してはいけないと思う。これと向き合って、その上でわたしは変わらなければならないのだ。

　他人へさせてもらうお世話ばかりを考えて、自分本位で動かないわたしを、封じて埋《うず》めて終わりにする。

　するのだ、きっとできるはず。きっと。

　そんなことを考えるわたしの前、上映前ＣＭの作品が切り替わった。甘いセリフがシアター内の空気にふわりと溶けていく。青春恋愛もののようだ。

　……さすがに、わたしとて。

　薄くて暗くて、そしてデート定番な場所に同年代の男の子といることに、なにも思わないわけではない。

　映画上映前のドキドキ、わがままらしきことをやれたドキドキ、そしてこの状況のドキドキ。ぜんぶ種類が違う。

　甘音もそのうち、好きな人とデートしに来るわよ——なんて、いつかの映画館の帰り道で母が言っていた。そのときは、そんなものなのかなんて思ったけど。

「……どうしました？」

　地藤さんが小声で問うてくる。わたしが横顔をじいっと見ていたせいだ。

「い、いえっ、なんでも」

同じく声量を抑えながら、わたしは首を振る。

……デート、かぁ。

デートとは恋人同士のお出かけを呼ぶのであって、男女が出かけることを指すんじゃないはず。だからこれは違う、のよね？

いやいや、そもそもそんな風に考えていること自体が地藤さんにたいへん失礼だ。わたしの苦手克服のためにこうして付き合ってくださっているのに、勝手にデートだなんだと浮つくなんて。

……ほんとうに地藤さんは素敵な方だと思う。優しすぎる、と言ってしまってもいいかもしれない。ストーキングをしていたわたしの話を聞いて、こうして協力してくれるだなんて。

素敵な人だなと思うこと、すごく感謝をしていること。このふたつは確かだ。

じゃあ、……男性としては？

昨日、妹たちとちょっとそんな話にもなったから、ダメダメ失礼と思っていても、ついつい考えてしまう。

でも、正直わからない。

そもそも、これ！　ってわかるようなものなのかな。そこからしてわからないのがわたしてある。

……まあ、たとえ好きになったとて、地藤さんがわたしを相手にしてくれるかというと……ストーカー含め、あれだけ醜態を晒《さら》しているわけで……。


「ほら、も～、ギリギリになっちゃったじゃないっ」

「だって……」

「だってじゃないの！」


……あら。

気がつけば物思いにふけてＣＭも頭に入っていなかったわたしの意識が、そんな隣からの声で現実に戻される。

チラリと見ると、わたしの左隣に（右隣は地藤さんだ）ひと組の親子が来ていた。お母さんと小学校低学年くらいの男の子である。

慌ただしく彼らがシートに着いたタイミングで、ちょうど映画本編が始まった。

頭のシーンから派手なアクション。映画館ならではの音の洪水が押し寄せてくる。ビリビリ揺れる空気の中、シートも左右にグワングワン。

そうそう、これが４ＤＸの迫力だ。右隣を窺《うかが》うと、地藤さんも感心したような顔をしていた。口の端もすこし上がっている気がする。こちらの視線に気づいた彼は、声を出さずに口の形だけで「最高ですね」と言ってくれた。

よかった、楽しんでくれているみたい。

なんて思ってると、

「あっ……」

「あーもう！　なにしてるのよ……！」

あらあらあら……。

左隣では、男の子が手に持ったジュースをすこしこぼしてしまっていた。シートの揺れのせいかしら。

拭くもの拭くもの、とハンカチを取り出そうとして、いやいやこういうことをしない自分になるのだと思いとどまる。

……そ、そうよね、お母さんがいらっしゃるんだもんね。部外者がいきなり嘴《くちばし》を突っ込むべきじゃない。

それに今のわたしの格好は地雷系ファッション。わたしはとても好きな服装だけど、ちょっと圧は強いかもしれない。いきなり話しかけたら驚かせてしまうかも。

そんなことを考えて、なんとか衝動を抑え込まんとしている間に、お母さんが男の子のこぼしたジュースをちゃんと拭き取っていた。

うん、やっぱりなにもしないでよかったのだ。お世話の機会を奪うべきではない。あの幸せを。

…………いいな〰〰〰〰、なんて気持ちは封じるのだ！

しかしその後も、男の子は何度かジュースやお菓子をこぼしたり、トイレに行きたいと言ったり。

我慢、……我慢我慢我慢！

ギャンギャンに刺激されてはち切れそうな自身のお世話欲を、わたしはなんとか抑え込む。ダメダメ、色即是空空即是色……。

「だからママ言ったじゃん、なんであんたは――あの、お姉さんすみませぇん、さっきから騒がしくてご迷惑を……」

「いえいえまったく」

全然大丈夫ですご迷惑だなんてなんにもところでよければわたしにお世話させていただけませんかあらぁボクお口ちょっと汚れてるねお姉ちゃんが取ったげよぉかぁ、なんて言葉たちが、一瞬でも気を抜いたら口からスルスル流れ出てしまいそう。

なんとか耐えながら、笑顔で小さく首を振る。

お母さんは反対側に座る方にも謝っていた。たいへんそうだ、映画の間くらいゆっくり休んでもらって代わりにわたしが——いやいや、だからダメなのだそういうのは。

必死に耐えるわたし、揺れるシート。シートの揺れでまたジュースをこぼす男の子。男の子の様子にまた決心を揺さぶられるわたし。

映画の上映時間は見事まるまる、わたしの精神修行の場と化した。

「た、たのしかったですね！」

「はい。……ところで、だいじょうぶですか？　なにか、とても疲れ切ったように見えますが……」

「い、いえ、そんなことは」

耐え切った。耐え切ったのです、わたしは。

……映画の内容、あまり頭に入ってこなかったかも。自分の未熟さを思い知らされる。

そんな話もしながら、地藤さんとふたり、シアターから出て映画館のエントランスに戻る。照明が一段明るくなって、ああ、ともあれ映画の時間が終わったんだなと実感する。

「地藤さんは４ＤＸどうでし…………あら？　すこし顔色が……」

「……そうですか？」

自分の気のせい？　でも、ちょっと青ざめているような……。

「ママ言ったよね⁉　シート揺れるから気をつけてねって！」

「……ごめんなさい」

「もういい！　二度と映画来ないからね！」

「あら……」

怒鳴り声に振り返ると、先ほど隣にいた親子だ。

う〜〜ん、お母さんの方もたいへんそうだったし、かといってあれくらいの歳《とし》の子どもがちょっとした粗相をしてしまうのも仕方のないこと。

「なんであんたはいつもそうなのグズグズグズグズして！」

「ごべんなざいぃ……！」

あらあらあら……。

「うわ〜、いるいる、ああいうお母さんブチギレ親子」

「子連れスポットのマジあるあるじゃん。つかあたしも昔あんなん言われまくったわ」

近くにいたカップルのそんな会話が聞こえた。たしかに、ショッピングモールやスーパーなんかでもよく見る光景だ。

う〜〜んん、まさか「迷惑じゃなかったですよ、だいじょうぶですよ。なのでその辺で」なんて声をかけに行くのは違うだろう。

結局、「もういい！　帰るよ！」とお母さんは大股で出口へ向かい、男の子はトボトボとその後をついていった。

ああいうの、難しいですよね……なんて言おうとしたタイミングだ。

「……雷原さん、すみません。すこし手洗いに行ってきます」

「あ、はい。お待ちしてますね」

こちらへ再度「すみません」と言って、地藤さんはお手洗いへ向かった。

……声に元気がなかったのと、動きの妙なぎこちなさが、すこし気になる。

するとほどなくしてスマホへメッセージ。

『シートの揺れで酔ってしまったみたいです。申し訳ないですが、少々お待ちいただけると』

「あらあらあら……！」

だいじょうぶかしら！　顔色が悪かったのはそういうことだったのね。

無理せずごゆっくり、辛かったらすぐにご連絡ください！　と打って返信。お礼を言う可愛《かわい》い犬のスタンプが返ってきた。

心配しながら待つことしばし。

「……すみません、お待たせしました。いや、情けないていたらくで」

帰ってきた地藤さんは、やはりいくらか顔が青白い。

「そんな！　ごめんなさい、普通の上映回にしておけばよかったですね……」

「いえいえ、自分もぜひ観《み》たいと言ったので。はは、正直すごく楽しかったんですが、体が合わないこともあるようで」

「すこし休んでいきましょう。そこのお店、コーヒー美味《おい》しいんですよ。……あ、地藤さんの働かれているお店ほどではないかもですが」

ってしまいます」

「よかった。立地のよさでこんなに負けているのに、味まで上回られたら勝ち目がなくな

冗談めかして言う地藤さん。その口調は、いつもよりすこし張りがない気がする。

ゆっくり休んでいこう。

ふたりで映画館備え付けのお店に入り、飲み物を買って席に着く(「わたしが買ってくるので席で休んでいてください」と言ったけれど、「今日の趣旨に反しますよ」と聞いてもらえなかった)。

ところでどうしよう、映画のことを話そうにも隣の親子が終始気になって内容をあまり覚えていない……なんて心配をしていたが、地藤さんも地藤さんで、シートの揺れであまり集中できなかったと笑った。

「いや、お恥ずかしいところを。……情けないですが、元々は体調を崩しやすいところがありまして。小さいころなんて、しょっちゅう熱を出してたんです」

「そうだったんですね……」

「いまはだいぶ頑丈になったつもりなんですが、季節の変わり目なんかは不調になることもあったりして」

「あらぁ……。……ちょうどいまの時期なんかそうですよね。風邪にはお気をつけくださ

いね、今日からまた夜はグッと冷えるらしいですから」

「あ、そうなんですね。このところすっかり暖かかったのに。ありがとうございます、気をつけます」

同年代の男の子というより、しっかりした大人っぽい男性というイメージの方が濃いものだから、勝手に体もお強いような気がしていた。

でも、そうでないならばとたんに不安になってくる。明らかにがんばり屋さんなので無理をしてしまいそうだし、それこそ……、

「……わたしが言うのもなんなのですが、なにかあったら周りの方をきちんと頼ってくださいね。……つくづくわたしが言うのもなんなのですが」

「そうします」

地藤さんは頷《うなず》いて、穏やかに笑った。

うーん……。


「……地藤、ごめん、やっぱさっきのまだ痛い……？」

火曜日、昼休みの教室で昼食を摂っていると、いっしょに食べている友人のひとりが両手を合わせながらそんなことを言ってきた。

「……え？　いや……」

「だってなんかず〜っと口数少ないしさあ、授業中指されたときもめずらしく答えられてなかったし……、ごめん、結構思いっきり当たったよな俺のボール……」

朝イチの授業は体育で、種目はソフトボール。キャッチボール中にすっぽ抜けてしまったらしいこの友人の投げた球が、近くで同じく練習をしていた俺の脇腹に当たったのだ。

「だいじょうぶ、もう痛くもなんともないよ」

「そう？　でも着替えのときチラッと見えたけど、痣《あざ》みたいになってなかった？」

「……………そうかな。いや、たぶんなってないよ。見間違いだ」

「そう？」

球の当たったところはなんともないし、痛みもない。だからこれは、嘘《うそ》じゃない。

すると、別の友人も口を開く。

「でもさ、たしかに地藤今日おかしくね？　そもそも体育のときに球当たったのも、ぼーっとしてて気づいてなかったからって感じだったし」

「え、そうかな……ぼーっとしてた？　なんかちょっとだるくてパッと動けなくて……」

それで避《よ》けられなかったのだ。

思えば今も、妙に体が疲れているような。体育の授業だけでこんなになったっけか……。

「……ねえ、ごめんアタシずっと気になってたんだけど、地藤くん顔赤くない？」

「草壁《くさかべ》さん？」

今度は、近くで女子グループで弁当を広げていた草壁さん（いっしょに園芸委員をしている子だ）が、くるりと体の向きを変えて話に入ってきた。

「え、まじ？　俺よくわかんねえかも」「女子って人の顔色がどうこうのやつ、すげえ気づくよな。……おーん？　言われてみれば？」

男友だちふたりが、草壁さんの言葉を受けてまじまじとこちらの顔を覗き込む。

「いや赤いって！　ちょいちょいちょいちょい、ちょっと失礼」

席を立った草壁さんが、こちらに来て俺の額に手を当てて言った。

「……熱いって！　これ熱あるよ！」


ふらふらする。

草壁さんの言う通りで、保健室で測ったところ見事に平熱を上回る数値。ただ、そこまで高くはなかったし、迎えに来てくれる人もいないので、早退して自分で帰ることに。

したは、いいのだが。

「……まずい、熱上がってるなこれ」

今朝、家を出たときは自覚できるほどの不調はなかった。学校でみんなに言われたときも「たしかにちょっと熱っぽいか？」と思った程度。しかし、ひとりで帰っている最中になって悪化してきた。

とはいえ、自分でなんとかしなければ。

ふらつく足取りで、帰り道の途中にあるドラッグストアに寄る。ここらでは特に大きな店で品揃《しなぞろ》えもいいので……ええっと、あー、品揃えのいい店じゃなきゃいけない理由ってあるか？　ないか？　わからん、とにかくでかい店の方がいい気がする。

買うのは解熱剤と、あと、えー、スポドリとゼリー飲料と……あと、なんだ？

……ダメだ、どんどん思考が鈍くなってきているのがわかる。二、三度頭を振って、ため息ひとつ。そんなことをしてもやはり、ぼうっとした感覚は晴れなくて。

「……地藤さん？」

その声を、最初は幻聴だと思った。

「奇遇ですね。お買い物ですか？」

「……雷原、さん？」

「はい。ここいいですよね、店舗おっきくて掃除道具の品揃えが……あら？」

地雷系ファッションの彼女の手にあるカゴには、カビ掃除がどうのこうのの品が入っている。梅雨《つゆ》だもんな、そういうシーズンだ。

「地藤さん、顔色が……それに、そういえば平日のこの時間なのにどうして？」

「カビ掃除……俺もそろそろやらなきゃな……。それこそ雷原さんにお勧めしてもらった道具もあるから……」

「地藤さん？」

「え？　あ、いえ、すみません……」

俺いまなに喋《しゃべ》ってた？　頭に浮かんだことがそのまま口から出てた気がする。雷原さんにはなにを聞かれていたんだ？　いかんいかん。

「すみません、ちょっとぼーっとしていて……」

「……失礼します」

サッと雷原さんは俺の額に手を当てて、その端整な顔を曇らせた。

「熱が……なるほど、早退されたんですね」

「……お恥ずかしいことに、すこし具合が」

そういえば、まさに一昨日そんな話を彼女とした気がする。夜は冷えるから気をつけろとも言ってもらっていたのだが、まったく忠告を活《い》かせなかった。

「だから、解熱剤とかスポドリとか、……あれ、雷原さんは平日なのになんで……」

「今日、創立記念日なんです。いえ、わたしのことより地藤さんです。……おうちの方は？」

「え？　あー…………いや」

熱で緩んだ口が余計なことを言いそうになったので、慌てて締め付ける。

「……今日は自分ひとりです」

「まぁ……」

雷原さんの顔が曇る。心配で仕方ないと油性マジックでくっきり書いてあるみたいな表情だった。

彼女がなんて言ってくれるか、もう想像がついた。

「その様子では、お家まで行くのも危ないのでは……。それに、風邪のときほど栄養のあるものを食べないと。……地藤さんっ、わたしもお家まで付き添います！」

「お気持ちはありがたいのですが、そんなわけには……」

「ス、ストーカーしていたような女を家にあげるのはたいへん抵抗あるでしょうが！　その、変なことは一切しませんのでどうか！」

「い、いえ、そのような心配はまったくしていないのですが……、せっかく雷原さんがこの前わがままを言えたというのに……ええと、だから、ここで俺が世話を焼かれては、意味がないというか。そういうことをまた雷原さんにさせるのは……」

　またぼうっとしてきたが、気合いを入れて頭を回し、言葉を搾り出す。

「あー、その、せっかく成功し始めたダイエット中にケーキを食べてしまう的なダメさというか……」

　合ってるか？　この表現。でも言わんとしていることは理解してもらえると思う。

「むむむ……そ、そう言われると……で、ですが…………」

　伝わったらしく、グッと考え込む雷原さん。

　俺としては、彼女の努力と成功をふいにしたくないのだ。……ここは、さっさと退散してしまうのがいいだろう。

「……ご心配くださったのはとても嬉《うれ》しいです。ともあれ平気ですので、……風邪を伝染《うつ》してしても申し訳ないですし。……では」

そう言って踵《きびす》を返し、俺はその場を離れる。雷原さんの気持ちは嬉しいが、彼女に迷惑をかけたくない。

解熱剤と適当にゼリー飲料をいくつか。あとスポドリ。こんなもんだろう。それらの入ったカゴを手にレジへ行き、会計を済まして店を出る——

「……チートデイッ！」

タイミングで、そんな声と同時にグッと腕を摑《つか》まれた。

「雷原さん？」

「チートデイ、です！」

……チートデイ？

ってなんだったか。聞いたことあるような。

「食事制限をするときには、節制ばかりしていると体の基礎代謝が落ちて逆に痩せにくくなってしまうので、好きに食べていい日を設けるんですっ！」

あー、そうだ、なんかそういうのだ。

アスリートの妹さんたちのお世話をしていた雷原さんだから、そのあたり詳しいのだろうか。

「それと！　同じような感じで！　今日はチートデイということでいかがでしょうか！　今日のわたしはお世話し放題ということで！」

「い、いやそれは………」

強引な喩《たと》えでは、と思ったものの、そもそもダイエットに喩えたのは俺の方か。

「……しかし、そのように甘えるわけには………う」

まずい、いいかげん本格的に熱が上がってきている気がする。クラッときて、フラッと体が傾《かし》ぐ。

「……問答無用です！　離れませんので！」

「ら、雷原さん……」

俺の体を支えてくれた彼女は、そのままこちらの肩に手を回す。

「さあ行きましょう。……えー、その、地藤さんのお家の位置はわかっていますので……」

ああそうか、こちらのことを観察してた時期に俺の家の場所も知ったのか。バツが悪そうである。

そして否応《いやおう》なしに意識してしまうが、彼女の体は温かく、女性らしい起伏に満ちて柔らかで……――そして、体幹がしっかりしている。

支えてもらっていて安定感がすごいし、熱でふらつくこの体では（もちろんやらないが）振り払うのも無理な気が。

スポーツなどしていなくてこれなのだから、身体的才能の豊かさを感じる。

「才能があるのは、いいことですね……」

「え？」

「あ、いや……」

ダメだ、本格的に熱で制御が利いていない。考えたことをそのまま口走ってしまう。

才能があるのはいいことなのだ、羨ましい……いや、だから、じゃなくて。

これ以上変なことを言わなければいいのだが……。

そして今更だけど、看病の手間をかけてしまうのは既定路線か。

「……すみません、ご迷惑を」

「あら、わたしがこういうの迷惑だなんて思わないタイプだって、地藤さんはよく知っているはずでしょう？」

そう言われてしまうと、返す言葉はたしかになかった。

古びた公営団地の五階の一室。それが俺の住んでいる場所だ。入居条件がいくつかある代わりに、２ＬＤＫの間取りとは思えないほど家賃が安い。

「お昼ご飯は食べられましたか？」

「そういえば全然……」

いよいよ視界が揺れている俺は現在、ベッドの上にいる。

なにをするにも体がだるくて、雷原さんと話しながら上半身を起こしておくのも限界になって、バタンと完全に横たわる。

頭が熱いのに寒気がする……と思っていたら、雷原さんが毛布をかけてくれた。

ポンポンと優しく毛布の上を叩《たた》く彼女の仕草を、ぼうっと見る。誰かにこんな風にしてもらった記憶が、頭の中をいくら掘り返しても出てこなかった。

「お薬飲む前に、なにかお腹《なか》に入れた方がいいですね。キッチンと食材、使ってしまってもいいですか？」

「すみません……あとで必ずお礼を……」

「もう地藤さんからはたくさんいただいていますよ、わたし」

柔らかさという概念そのもので出来上がっているような声で雷原さんはそう言って、俺の寝室を出ていった。

やがて、キッチンの方から音が聞こえる。自分が寝ていて誰かが料理を作ってくれている、そんな状況、最後がいつだったかも思い出せない。

「……あー」

しっかりしろ。熱があるからってグダグダするな。

ちゃんとしなきゃ。ちゃんとしろ。

なにをしたって才能のない俺は、せめていついかなるときでもちゃんとしていなければ、生きていけないのだから。


「お待たせしました～」

作ったシンプルな卵粥《たまごがゆ》を手に地藤さんの寝室へ入ると、彼はゆっくりと上半身を起き上がらせた。

「すみません……」

いつもより格段に緩いその口調が、調子の悪さを感じさせる。

「いえいえ。ゆっくりでいいので、がんばって食べていただけると」

お昼もほとんど摂《と》れていないという話なので、薬を飲むことも考えると、すこしでもお腹には入れてほしい。

「はい……もちろん……お手を煩わせておいて残すようなことは……」

「そんなことは気にしないでください」

彼らしい言葉だなと思うけれど、こういうときくらい気を張らないでほしい。

……甘えることの練習に付き合ってもらっているけれど、この人自身はどうなのだろう。

たとえば家族にだったら、地藤さんも甘えるものなのかな。

一人暮らし、じゃないのよね？　間取り的にご家族と住んではいるはず。

「さ、どうぞ」

れんげに一口掬《すく》って差し出すと、ぼうっとそれを数秒見てから、地藤さんは首を横に振った。

「いいえ、さすがにそこまでしていただくわけには……」

「え？　あ、……す、すみません、つい……！」

……恋人でもない同年代の異性がやるのは、なるほど、よくないのか！

家族の看病ではいつもやっていたものだから、なんの疑問も持たなかった……。

「いえ……お心遣いは……たいへん……」

緩い口調で言いながら器とれんげをわたしから受け取って、ゆっくりと食べ始める地藤さん。

「美味《おい》しい……」

「ほんとうですか、よかった」

「ありがとう、ございます……」

言いながら、でも食器を操る地藤さんの手の動きはすこし危なっかしい。体もだるそうだし……。

……………あ〰〰〰〰〰〰、こんなに辛《つら》そうな姿を前に、なんでボケッと見ているんだろうわたし。意味がわからない、この両手はなんのためについてるの？

食べさせてあげたい、食べさせてあげたい、食べさせてあげたい、食べさせてあげたい、食べさせてあげたい。

……そんなにダメなことなのかな。あーんってするの。

病気で辛い人に自分でご飯を食べさせることと比べて、そんなにいけないことかしら。

正義はどちらにありますか？　う〰〰〰〰〰ん。

「あ……」

不意に、地藤さんの手かられんげが落ちた。くるりと舞うそれを、わたしは右手を閃《ひらめ》かせて空中でキャッチ。

「すみません……ありがとうございます」

「………今日は」

「え……？」

「チートデイ、なのでっ」

彼の手に、わたしはれんげを返さない。

器も奪って、お粥《かゆ》を掬って、『あーん』の体勢を取ってしまった。

「ら、雷原さん……」

「………」

「あの……」

「…………」

パクパクと何度か口を開《あ》け閉《た》てする地藤さんだが、やがてこちらの無言の圧に屈してくれたのか、差し出されたれんげにパクリと口をつけた。

お粥を掬っては差し出し、それを彼が食べる。無言のまま、そんな時間が過ぎていく。

れんげに口をつけるたび、彼の前髪が無防備にサラリと揺れる。その奥にある、熱でぼうっと焦点の緩んだ瞳と併せ、それはどこかあどけなさを感じさせた。

普段のしっかりした彼とは――普段がしっかりしている彼だからこそ、カードの裏表を思わせる姿で。

……じわり、と自分の背中に汗が浮くのがわかった。

わたしが彼の口にお粥を運び、彼はそれを咀嚼《そしゃく》して飲み込む。その繰り返しの時間が過ぎていく。

なんか、これ。

見てはいけないものを見ているような気持ちになる。してはいけないことをしているような気持ちになる。

「……っ」

無意識に自分の喉が生唾を飲み込んだ、そんな瞬間だった。

「…………地藤さん？」

「…………」

「地藤さん、え……、あの、ど、どこか痛いですか？　それともなにかっ」

「……え？」

わたしは、初めて見た——子どもじゃない『男性』が泣くのを、人生で初めて目の前で。

地藤さんはきょとんとした顔。そんな彼の瞳からは、ポロポロと涙がこぼれ落ちている。止まらない。

「……？」

気づいて、ないんだ。自分が泣いていることに。

それは、すごくアンバランスで。

「……雷原さん？　どうしました？」

見ていられないくらいに切なくて、目を離せるわけがないくらい危うくて。

「あれ？　……これ」

ポタリとその手に涙が降り立って、そこで彼はようやく事態に気がつく。

「……？　なんで…………？　……？」

自分が泣いていることがわかっていなかった地藤さんは、今度は、自分が泣いている理由をわかっていないようだった。

痛みに顔を曇らせることも、悲しみに声を震わせることもなく、ただ涙ばかりを落としていく。

「すみません、……はは、熱で涙腺おかしくなったのかな……」

何度かまばたきをしながら、苦笑を浮かべて目元を拭う地藤さん。

「なにやってんだろ、……ちゃんとしてなきゃいけないのに」

ぽつりとつぶやかれた言葉は、ゾッとするほど表面が冷たかった。

頭で考える理屈ではなく、お腹の奥の方にあるなにかが告げる直感が、わたしに教える。

地藤さんは、すごく大人で、しっかりしていて、がんばり屋で。

でも、この人はもしかしてほんとうは。

ほんとうは。

——ゴクリともう一度、わたしの喉が鳴った。

♡

醜態を晒《さら》す、とはまさにあのことである。

「ほんとうにお世話になりました。ありがとうございました」

「いえいえそんな！」

もはや定例と化した、雷原さんとの日曜日のひととき。

俺からはとにかく、その話が出てしまう。すでに何度かお礼は伝えているが、それでも。

「雷原さんに伝染しませんでしたか……？」

「まったく。ふふ、生まれてから一度も風邪に罹《かか》ったことないので！」

強い。安心させるために大袈裟《おおげさ》に言ってくれているのだとは思うが、ほんとうにそうなのかもしれないと感じさせる凄《すご》みがある。

「地藤さんこそ、もうご体調はだいじょうぶなんですか……？」

「おかげ様ですっかり。学校にもバイトにも行けています。そしてこの通り、ゲームセンターにも」

「まあ、ふふ。よかったです」

今日、ふたりでやってきたのは市内繁華街にあるゲームセンターだ。広々とした店舗の中は、さまざまな客層で賑《にぎ》やかである。

「懐かしいですね、ここ、小学校のころに来て以来です」

「あら、そうなんですね。わたしは、上の妹が特に好きなのでよく」

「へえ、どんなゲームを？」

「もっぱら対戦系のものでしたね」

なるほど、勝負事の好きそうなアスリートっぽい。

「せっかくなので、それもあとでぜひやりましょう。ただ、今日の自分たちのお目当ては……」

「これですね！」

俺たちがやってきたエリアにずらりと並んでいるのは――ゲーセン界隈《かいわい》の王様のひとり、クレーンゲーム。

雷原さんの本日のミッションは『景品《プライズ》をねだる』だ。

「……しかし、昔よりもクレーンゲームがめちゃくちゃ増えてる気が……。こんなに台数ありましたっけ？」

「あー、そう言われてみれば多くなったかも……。クレーンゲームのエリア、ここまで広くなかったような」

「人気なんですね」

ズラッと並んだ筐体《きょうたい》たちは、俺の記憶よりも明らかに多い。その間を、ふたりでウロウロとどんな景品があるか見て回る。

「し、しかし、……い、いいんでしょうか？　ほら、お金もかかってしまうので……」

「来る前に言った通りですよ。自分もあんな豪勢なお弁当をいただきましたし、何より、この間は看病もしてもらいましたから」

「でも…………い、いえ、……甘えないと、はい！」

グッと握り拳を作って気合いを入れる雷原さん。

彼女はやがて、一台の筐体の前で足を止めた。中に並んでいるのはうさぎのぬいぐるみ。

うるうるとした瞳とグルグルに巻かれた包帯が特徴のキャラである。

「お、見たことあります。クラスの女子がグッズを持っていた気が」

「じ、実はわたしもいくつか持ってます……」

「へえ、お好きなんですね」

「はい、可愛《かわい》いですよね、ウサバャン」

「……なんて？」

そういえば初めて聞いたこいつの名前は、同じく人生で初めて聞く発音だった。ウサ
……なに？

「ふふ、ウサバャンですよ、ウサバャン」

「ウサビャン」

「惜しい、バャンです」

「……舌の修業が足りないようです」

俺のレベルでは難しい名前らしかった。

「そういえば、今の雷原さんの格好のような、地雷系ファッションに似合う感じですよね」

可愛いがベースだがちょっとダークなテイストもあり、というところが共通項だ。

「そうなんですよ、定番グッズで！　…………え、えと、なので」

「はい」

ガラスケースには『期間限定プライズ専用デザイン！』の文字が躍る。今しか、そしてクレーンゲームで取ることでしか手に入らないのであれば、同じものをすでに持っているというのもなさそうだ。

「そのー……」

彼女から言葉が出てくるのをゆっくり待つ。映画館のときに功を奏したやり方を、今回も俺は採ることにした。

雷原さんはクレーンゲーム機と俺の間で何度も視線を往復させる。

「ええと、……その、……ええとですね」

彼女は、そして最後にすこし俯《うつむ》きながら、こちらをおずおずと見上げつつ、

「……あの子、が、ほしいの、ですが、……ほしい、ので！」

「はい」

「…………と、取ってもらえると、うれし、……いや、えと、取ってもらいた……その、

「……取って、ください、ますか！」

俺に向かってそう告げた。ぎこちないけれど、はっきり目を見て。

「はい、ちょっと待っていてください」

極論、この時点でもう今日の目的は達しているのだが、それはそれだ。当然、シンプルに取ってあげたい。それこそ、ああしてがんばってくれたのだから。

胸中、つくづく感謝するのは叔父さんだ。

『男にとって、練習する価値のあるものがふたつある。ブラをノールックで外すことと、クレーンゲームで景品を取ることだ』とは叔父さんの言で、……ひとつめについてのコメントは控えるが、ふたつめは、もしかしたら正しいのかもしれない。

少なくとも、小学生時代にしっかりコツを叩《たた》き込《こ》んでくれたことは役に立ちそうだ。

「アームの爪は……角度ついてるか。他は……」

そもそもこの遊びは台選びがその成否の多くを占めているのだが、見る限り、景品の位置取りも含めてそんなに条件は悪くなさそうだ。

百円を入れて、まずは一回目。

特徴的な音楽を流しながら目標へ向かったクレーンは……爪を引っ掛けたものの、持ち上げるには至らなかった。

「あ、惜しい……」

「……アーム、そんなに強くないですね。なるほど、……じゃあ」

ちょうど今ので、目当てのぬいぐるみは顔から突っ伏すようにコテンと倒れ込んだ。狙うのはもちろん、尻についた商品タグだ。

二回、三回、四回目。

「わ、すごい！」

「いけそう……ですね、よし」

クレーンの爪は無事、狙い通りにタグの輪の中に入り込んだ。そのまま持ち上げれば、ぬいぐるみはしっかり浮き上がる。

吊《つ》り上《あ》げたまま移動して、獲得口へ。

「わ～、あっさり……」

「なんとかなりました」

ずいぶん久しぶりだし、仕様もあのころとはいろいろ違うだろうからどうかとは思ったのだが、やきもきさせずに済んだようだ。

ガコンと音を立てて落ちてきたぬいぐるみを、安堵《あんど》しながら屈《かが》んで取る。

「どうぞ。雷原さんのものです」

「……あの、……ありがとう、ございます」

俺の差し出したぬいぐるみを受け取って——彼女はそれを抱きしめて微笑《ほほえ》んだ。

すごいな、CMみたいだ。

地雷系ファッションに身を包んだ雷原さんの腕の中、まるで最初から決まっていた定位置に収まったみたいな顔で、ウサバ、……ヤン？　は抱かれている。

作り手はまさに、きっとこういう女の子にこういう顔でこういう風にしてほしかったんだろうな、なんて思ってしまうほどだ。

「……すみません、……えへへ、その、う、嬉《うれ》しいですね！　取ってもらうのって」

パタパタと自らの顔を手で仰ぐ雷原さん。喜んでもらえて何よりだ。

「それはよかったです。……いや、ほんとになにか看病のお礼をしたいとは思っていたので。むしろこれで足りるのか心配なくらいですが」

「そんな、……そもそもわたしがやりたくてやったことですから」

「でもあの日、それがとてもありがたかったんです。雷原さんにああしてもらっていなかったら、もっと拗《こじ》らせていたかもしれませんし、それに……」

熱で朦朧《もうろう》としていたので細かく覚えていない部分も多いのだが、……あのとき、彼女の温かさにとても救われた感覚が、今でも残っている。

「雷原さんほどではないかもしれませんが、俺もあまり人に甘えるのが得意なタイプではないんです。だから、つまり、雷原さんにああしてもらわなかったら、ああいう経験は人生でずっとしないままでした」

それこそ、彼女はおそらく中学時代の思い出を原因とした『自分のお世話は人に迷惑をかける』という気持ちを強く持っているのだろうけれど、少なくともここにひとり、反例がいることは伝えたい。

「俺はあの日、雷原さんが雷原さんだから、とても救われました。それは、お伝えしたくて」

「雷原さんが雷原さんだから助かった人間が、一応いることだけ覚えておいてもらえると」

ずっと、体が変だ。

この言葉をもらったからじゃない、ぬいぐるみをもらったからでもない、その前からずっと。そして、前からずっとなのに、言葉とぬいぐるみをもらってさらに変になる。

「は、はい……」

なんだか、グラグラする。頭の中がまとまらなくて、足元が落ち着かない。

声が変な風に上擦らないよう、気をつけに気をつけてわたしは彼に返事をした。今日は最初の挨拶から全部そんな調子。

普通に話せているように見えていたらいいのだけど……。

「そういえば、他にもいますよね、そのシリーズのキャラクターって。強そうな顔で睨《にら》んでる子とニコニコ笑っている子を見たことが」

「いますいます、ウサボャンとウサベャンですね」

「ダメだ、舌のレベルが足りない……」

なんでもないような顔で会話を交わしながら、ずっと心臓の鳴りも早い。

これも今日、彼の顔を見たときから。なにかをわたしに伝えようとするように騒がしい。

ええと、だから。

つまり、あの〜、……そういう感じのあれとか、なのかな。

いや、でも、わからない。はっきりしない。これ！　ってわかるものじゃないのだろうか。今のわたしにわかるのは、ただ、グラグラしている足元がとにかく落ち着かないことだけ。

チラリと隣の地藤さんの横顔を盗み見て。

『すみません、……はは、熱で涙腺おかしくなったのかな……』

「……っ」

不意にあのときの彼が脳にフラッシュバック。ゴクリと喉が鳴りかける。

「ウサバ、ャン、ウサビャン、……ダメだ、ウサバ、ャン、ウサバ、ャン、……ウサビャン、……んん？」

発音の練習をする地藤さん。

小さく首を傾《かし》げるその姿に、大人っぽくて頼りになるその人の仕草に、……可愛いって、思ってしまう。

無意識、ぎゅうっとわたしは腕の中のぬいぐるみを抱き締めた。

「他のゲームもせっかくだからやっていきませんか。上の妹さんとやっていた対戦ものってどんなのを？」

「は、はい。あの子がいちばん好きなのはですね——」

彼を連れてきたのは、独特の雰囲気がある格闘ゲームのコーナーだ。

「お〜、格ゲー」

「ネットワーク対戦もできるのに、『人間とやってる感が欲しい』ってわたしや下の妹と戦いたがるんです、ふふ」

下の妹の花音は人と競うことに興味がないので、もっぱら詩音の相手はわたしの役目だった。

「見てみたいです」

「上手《うま》くもないのでお恥ずかしいのですが……」

言いながら、わたしは椅子に腰掛けて筐体《きょうたい》に百円を入れる。よかったら、と地藤さんがウサバャンをあずかってくれた。

馴染《なじ》みのキャラクターを選んで、一人用のストーリーモードを選択。レバーを倒す手は幸い、さほどぎこちなくはない。

「うーん、ギャップがあって絵になりますね、地雷系ファッションの方がこういうゲームをやっている姿は」

「ふふ、そうかもしれませんね。あ」

対戦相手が現れました、の表示。対人戦の始まりだ。

「お、がんばってください」

「はい！」

と言っても、ほんとうにわたしはこういうゲームに詳しいわけではない。なので、コンボとかはよくわかっていないので……。

「……えい、……っほ」

「……雷原さんの攻撃、すごくよく当たりますね」

「いえいえ、単純なことしかやってないんです。相手の動きを見て、当たるときに当たる攻撃を出すボタンを押してるだけなので」

ガードも同じだ。相手の攻撃が見えたとき、間に合うなと思ったらレバーを後ろに倒してるだけ。

「……？　相手の動きを見てからボタンを押して、それで間に合うんですか？」

「意外と間に合うんですよ。ダメなときはダメですが……あ、でも勝てました」

わたしのキャラの蹴りで、相手が後方へ吹っ飛んでいく。ちなみにこのキックはササッと出てくれるので、相手の攻撃がちょっとゆっくりした技の場合、後から出したこちらの方が先に相手に届く。なので、特に愛用している。

2ラウンド目が始まった。

「ほら、今の相手のパンチ、出始めがわかりやすいじゃないですか。このときにボタンを押せばこっちのキックが当たります」

「……いや、……ん？」

「ほら、これです。あ、また」

「ぜ、ぜんぜんわからない……。え、見えてるんですか？　今のが？」

「なんとなくですよ、なんとなく」

なんてやっている間に、相手の体力ゲージがまたゼロになった。2ラウンド取ったので、これでこちらの勝ちだ。

「上手な人たちはこんな行き当たりばったりのやり方じゃなくて、ちゃんと『こういうキャラはこういうときこういうことをやってくる』って読んで戦うんだと思いますが、わたしは何にもわからないので」

「いや、それをやらずに勝てるというのはむしろ……。……もしかして、反射神経もめちゃくちゃいいんですか、雷原さんって」

「どうでしょう……あ、妹には野生の獣の戦い方だと言われます」

「すごい表現だ、強そうですね」

……あれ、い、言わない方がよかったかな？

だって可愛《かわい》い感じじゃないよね……？　なんて後悔するのは、可愛いと思ってほしいから？

……可愛いと、思ってほしいの？

つくづく今日は、自分でも自分の心の動き方がわからない。

「今度の相手はちょっと強いんですね」

「そ、そうかも、ですね！」

ごめんなさい、……正直さっき戦った人とあまり変わらないかも。先の会話の動揺が響いているという、わたし側の問題だ。

いやいや、集中集中。と思いながら、どう見えているんだろうと気になってしまって、チラッと彼の方を見てしまい。

「っ……！」

思ったよりも近かったその距離に、手の中でレバーがずるりと滑る。

「……あ、……ま、負けちゃいました、あはは」

「いえいえ、良い勝負でしたね。次のラウンドはきっと勝てますよ」

地藤さんはただゲームを熱心に見てくれていて、だから画面にすこし前屈《まえかが》みで、その結果こちらとの距離も近いだけ。

勝手に緊張しているのは、わたし側の問題だ。

「あ、えと、……わ、……ええと、えと」

次のラウンドもダメダメ。驚くほど集中できていない。

わざと負けてかわい子ぶりっ子したいとか思っているわけじゃないけど、……あれ、でも、その方が男性からしたら好印象？

わからない、男女のイロハを何も知らない。それを後悔、しているのだろうか、わたしは今もしかして。

頭の中がまとまらないまま、結局試合には負けてしまった。これでゲームオーバーだ。

「接戦でしたね。でもすごいな、全然練習していないでこれなら、やり込めばかなり強くなれるのでは？」

「いえいえ、……あはは、楽しいゲームだとは思うんですが、人と勝ち負けを競うのはそこまで」

そこら辺が、これを好む詩音とわたしの決定的な違いだ。

「ああ、なるほど」

頷《うなず》きながら、こちらにウサバャンのぬいぐるみを手渡してくれる地藤さん。

「…………」

「……雷原さん？」

受け取るやいなや黙り込んだこちらに、地藤さんは不思議そうな顔をした。

「え、あ、いいえ、ありがとうございます」

お礼を言って笑って誤魔化《ごまか》しながら、わたしの胸の奥では、心臓がすこしその鳴りを高くしている。

いや、いや、……気のせいだ。今の今まで彼の腕の中にあったぬいぐるみから、熱のようなものを感じるだなんて。

じゃあ、それで自分の頰《ほお》が熱いのは？

ああ、ボーッとして、……グラグラする。頭が熱っぽく、足元が落ち着かない。一度も引いたことないくせに、これが風邪なんかではないという確信は持てる。

グラグラ、グラグラ。

わたしの足元は、絶えず揺れている。

それは結局、この日地藤さんといっしょにいる間ずっとそうで——。


「お、雷原さん、これじゃないですか？」

「あ、そ、そうですね！　これみたいです」

ダメだ、治らない。

一週間経《た》っても、彼に会った瞬間に同じ症状が現れる。

「……うん、合ってます。詩音が欲しがってたコラボTシャツ。これです、はい」

「妹さん、お好きなんですね、イカが戦うあれ」

「そうなんです、スケートの次くらいに。ふふ、昨日から『明日発売だからね！　ちゃんと買っておいてね！』って何度もメッセージを送ってきてるんです。今に電話を掛けてくるかも」

「こっちが昼下がりなので妹さんたちがいるらしいカナダは……真夜中？　むしろ早朝ですか？　いや、熱烈なファン魂ですね」

わたしたちがいるのは、一回目に出かけたときと同じショッピングモール。

映画館、ゲームセンターとうまくいったので、またここに再挑戦しに来たのだ。

「格闘ゲームについてもそうですが、おっとりしてる子ながら勝負事が好きで。三姉妹でいちばん熱くなるんですよ。下の妹は逆に、普段は人にはっきり言いたいことを言える子なんですが、勝ち負けにはあまり興味がなくて」

「姉妹でいろいろ性格が違うんですね」

普通に会話をできている、とは思う。つまりそれは普通の会話の裏側でもずっと、頭が熱っぽいまま、足元が落ち着かないままだということだ。

この一週間、これがいわゆるあれなのだろうかと悩んできた……けれど、いまだに自分の中でははっきりしない。

　恋愛ごとに疎すぎるからなのだろうか。情緒の発達が足りてない……？

「……ふたりには、『お姉ちゃんがいちばんクセ強だからね』とも言われるのですが。両親まで頷くんですよっ」

「はは、でも、もう言われなくなるかもしれませんよ。ほら、今日だってうまくいきましたし」

　そう、実は今日の挑戦はもううまくいっているのだ。前と違い、なんとかかんとか『自分の行きたいところに人を連れ回す』ことができている。

「そ、そうですよね！　……自分が使うものじゃなくて妹へ贈るものを買う、というところは、ちょっと大目に見てほしいのですが」

「大きな一歩ですよ、すごいと思います……ん、雷原さん、あれもそうじゃないですか？　あのパーカー。コラボアイテムみたいですが」

「あら、そうですね。ありがとうございます、……サイズも……うん、合うものがあります」

「よかった」

　妹から頼まれていた品は揃《そろ》ったので、レジへ行って会計。

「へー、この無人レジ、バーコード読む必要もないのか……」

興味深げにレジの機械を眺める地藤さん。

可愛いな、とか思ってしまう。手が震えてパネルのタッチミス。落ち着け落ち着け。

「ところで、上の妹さんにばかりプレゼントを買うのは、揉《も》め事《ごと》に繋《つな》がったりしないんですか？　自分は兄弟姉妹がいないので感覚わからないのですが」

「揉めますね〜。下の妹にも買って送ってあげたいものがあるので、……よ、よければこの後そちらも……」

「なるほど、もちろんお付き合いしますよ」

人を自分の都合に付き合わせることには、まだまだやっぱり体が慣れない。でも、段階を踏んだ練習のおかげで、どうにかおっかなびっくりながらもできるようになった。

地藤さんはこの前の看病のことをすごく感謝してくれていたけれど、あんなもの、やっぱり受けている恩を考えたらお返しのうちに入らない（というか、わたしからすればやりがいの塊でしかないので、負担にすらなっていないのだ）。

店を出てショッピングモールの通路を歩いていると、地藤さんが着ている服とテイストが同じ方向のものを売っているショップの前を通りかかった。

「せっかくなので地藤さんの服も見ませんか？　このお店なんていかがでしょう？」

「あー……」

「……？」

言《い》い淀《よど》んだ彼は、やがて苦笑して答えた。

「実は、お恥ずかしいことに自分で服を買った経験がほとんどなくて」

「え、そうなんですか？　でも、いつもよくお似合いのものを」

今日だってそうだ。スッキリとしたデザインのシャツを中心に合わせた、大人っぽい装い。いわゆる綺麗《きれい》めのファッションで、彼によく映えている。

「全部お下がりなんです、叔父の。……あ、店長のことです」

「あら、そうだったんですね」

わたしの返事には二重の意味がある。服のことと、……そうなんだ、単なるバイト先の店長じゃなくてご親戚だったんだ。

やっぱりわたしは、この人のことをまだまだ知らない。……この言葉も意味が二重だ。文字通りのものと、だからもっと知りたいというものと。

ああ、グラグラする。

「着こなしも不安ですよ」

「そんなことないです、とても素敵ですよ」

足元が揺れて揺れて、落ち着かなくて。

「ほんとうですか？　そう言っていただけるとホッとするのですが、なにぶんセンスがないもので」

わたしの隣で、うーむ、と自らの服装を見下ろしながら言う地藤さん。

「ちゃんとしてなければならないので、なんとかそれらしくなっていればと思います」

「………」

ちゃんとしてなきゃ、って。

その言葉には聞き覚えがあった。

『なにやってんだろ、……ちゃんとしてなきゃいけないのに』

ベッドの上に涙を降らせながら、彼はそう言っていて。

「あの……地藤さん」

「はい」

「ちゃんとしていなければダメ、ってどうしてですか？」

自然とその問いが口を突く。

そして、予感はいつも遅刻魔だ。それをしたなら後戻りはできないぞと、そう教えてくるのは言葉が舌を離れてからでは間に合わないのに、意味がないのに。

「え、ああ」

地藤さんは、ニコリとごく自然に微笑《ほほえ》む。

「大した理由じゃないんです。ただ、ちゃんとしていれば、そうあり続けていればいつかは俺も」

そのまま、彼は続けた。

「生まれてきてもよかったんだって思えるかもって、はは、それだけです」

——それは、まるで昨日観た番組を聞かれて答えるような。

今日の献立を聞かれて答えるような、明日の天気を聞かれて答えるような、それくらい軽い口調で放たれた言葉。

真実、彼は特別なことを言っているのだとまったく自覚していないとしか思えない表情で。

バゴン、と音を立て。

グラグラしていた足元が崩れ、わたしは落ちた。体が心が魂が、それをはっきり感じている。

落ちる、落ちる落ちている――わたしは、堕《お》ちている。

じっとりと背中を伝う汗、けたたましく騒ぐ鼓動、お腹《なか》の奥の方から疼《うず》く痒《かゆ》いようなもどかしさ。

あ、あ、あ、……あ。

わからないとか、はっきりしないとか、ついさっきまではあったそんな余地、もはや小指のつま先ほどだって残っていない。

「……地藤さん」

「はい」

「わ、わたし――」

堕ちるわたしは体を包む浮遊感そのままに、口を開いて。

「………す、すみません。……妹からかも」

「いえ、ぜひ出てあげてください」

すごいタイミングで鳴り出したスマホの着信音に、ギリギリで我に返った。

「すみません、で、ではちょっとだけ……」

「店の中を適当に見回っているので、ごゆっくり」

地藤さんを残して足早にお店の前から離れながら思う、……わたし、さっき、なにを言おうとした？

　通路の端で深呼吸しながら、熱にうだった頭でとにかく今はと電話に出る。

『もしもし、お姉ちゃん？　買ってくれた？　どう？　実物どう？』

「ちょうど今、お店に買いに来ているところ。Tシャツとパーカーよね？　可愛《かわい》いよ、詩音に似合うと思う」

『ほんと⁉　やった〜！　楽しみ〜！』

　いつもよりテンションの高いその声に苦笑すると、……なんだか、脳に冷静さが戻ってきた。周りの景色がくっきり見え始めたことで、とみに実感する。

「詩音、ありがと……」

『……？　なんで？　なんでお姉ちゃんがありがとうなの？』

「……あー、……いや、ごめんね、あはは、なんでもない」

『……？　変なの』

　そんなやりとりもそこそこに、そっちは夜も遅いだろうからと言ってわたしは話を切り上げた。

「……ふぅぅぅ」

　深く深く、息を吐いて。

ただ、思う。

…………どーしよぉぉ～～～～～～～～～～～～!!!!

どうしたらいいの!? こういうのってどうしたらいいの!?

わからない、わからない、わからない……! 自分の気持ちがわからない、じゃない。

それは完璧にはっきりしている。

わたしは、彼に、地藤さんに……。

「っ、……はっ、……はっ、…………はっ」

その名前を、顔を、声を言葉を思い浮かべるだけで、心臓が跳ね上がって、ズクリズクリと体の中が疼く。

「……ちふじ、さん」

もしかして、とは思っていた。彼が風邪を引いたあの日。涙をこぼしたあの姿に。

すごく大人で、しっかりしていて、がんばり屋で……でももしかして、その内側には、小さな小さな子どもみたいな、すごく脆《もろ》くて怖いくらい儚《はかな》いところがあるんじゃないかって。

そして本人はそれに気づいていなくて、だから労《いた》わることもできていなくて。

――生まれてきてもよかったんだって思えるかも、なんて言葉、よりによってあんな表情で言うのは、だって、そんなの……。

「……はっ、……はっ、……はっ、…………〜〜〜っ」

だめだ、結局は理屈じゃない。

彼についてまだまだ知らないことばかりなくせに、わたしの心の真ん中の部分は、自分の見立てに確信を抱いている。

そして、たまらなくなっている。

「ち、ふじさん……」

もう一度、その名をつぶやく。

……ほしい。わたしは、わたしは——

「………い、やいやいやいやいや！」

と、ずるりとまた思考が一段深くまで転がり落ちてしまいそうになったあたりで、すこし冷静さを取り戻す。

「…………」

だがそうなってくると、途端にずうんと気分が滅入《めい》ってきた。

だって、…………これ、実際。

「………絶対、無理じゃ……」

自分のその言葉にショックを受けて、体が傾《かし》いで頭が壁にゴンとぶつかった。痛い。痛いがそれどころじゃない。

だって！

いままで彼にしてきたこと、見せてきた姿を思うとわたしって、傍迷惑《はためいわく》なおもしろ生態女でしかないのでは！

そもそも始まりがストーカーだし！

「あああぁぁぁぁぁぁ……」

初恋は実らないともよく聞くし、そんなものかなと呑気《のんき》に考えていたけれど、実際、渦中で溺れるのがこんなに辛《つら》いとは。

……出会いからやり直しってわけにはいかないですか？

「…………はあ」

ダメだ、がっくりきすぎていて、このままではこのショッピングモールの壁際がわたしの本籍になってしまいそう。

気合いでなんとか体を動かし、トボトボと歩き出す。

「…………」

あまりに悲惨な現状に、『逆に良いことを考えよう』なんて思ってきた。

良いこと、良いこと、……あるとするなら、それは。

「……恋は、できた」

なんてことだけは、言えるかもしれない。

わたしは、まともになりたいのだ。

自分の異常性にコンプレックスを抱えて生きている。なので、『自分がやれていないけど、普通の人ならすること』には憧れがある。

恋は、そのひとつだった。

だからこうしてまともなことができて、ちょっとだけ真っ当になれたような気はする。

……うん、うんうんそうよね。

地藤さんとのことを出会いからやり直せないかと思ってはいるけど、それはそれとして、方向性としてはいい気がする。

なんせ、人に甘えることがちょっとだけでもできるようになれたのだから。まともな人へと続く道筋だ。

人にお世話をしたい気持ちを制御できず、中学時代は合計六つもの部活に迷惑をかけた。

今も懲りずにとにかくお世話をしたくてしたくて、したすぎて。

そんな自分が異常だとわかっているから、まともになりたい。

正直、自分が地雷系になれるとは思っていないけど、すこしでも甘えることを覚えて、人にお世話したい欲が強すぎることとのバランスを取る——その計画は順調ではあるんだ。

まだまだ異常なわたしではあるけれど、マシになる道には乗れている。

それが今ある救いだった。

「……ええっと、地藤さんは」

さっきのお店の中に入り、ウロウロと彼の姿を探して歩く。

「こういうのもおすすめですよ～。今、とても人気で」

「へえ、そうなんですね」

「……あら」

すぐに見つけたけれど、どうやら店員さんと話しているようだった。

若い女性の店員だ。

自分たちとそこまで歳《とし》は変わらないだろうか、距離感が近い。ニコニコと明るく笑う接し方も、ともすれば肩が触れるくらいの位置取り的にも。

「お客さま、スタイルいいので映えますよ〜」

「いえ、そんな」

「…………」

必要、あるだろうか。あんな距離。

必要、あるだろうか。あんな笑顔。

必要、あるだろうか。あんな……。

あんな。

「あ、ふふ、お客さますみません、襟が」

「え？」

その女性店員が彼に笑顔を向けているだけで、彼の隣にいるだけで、わたしの中には黒くて重い泥が湧き出てきていた。

ギリギリ、一応まだ内側に隠しておけるくらいのものではあったそれは、

「さっきジャケットを試着されたときでしょうか。ちょっと失礼しますね」

「──は？」

彼女が地藤さんの襟元へ手を伸ばし、立っていたそれをスッと直したときにドロリと溢《あふ》れた。自分でも聞いたことのないくらいの低い声として、現実の世界へ表出する。

なに？　は？　なに？

なんで？

なんで、その人のことをあなたがするの？　なんで？

頭でグルグルと思考を回しながら、体をじっとしておけるほどわたしは落ち着いた人間じゃなかった。

「地藤さん」

「ああ、雷原さん」

こちらへ振り返る地藤さん。彼の声と言葉に胸の中で心臓が跳ね、その隣にいる女性の姿に腹の中で泥が増す。

「お待たせしました。……ええと、そちらの方は」

「店員さんです、いろいろ教えていただいていまして」

「あはは、ごめんなさい、彼女さんですか？　お邪魔しちゃいまし、た、……ね……」

こちらの顔を見た女性店員は、みるみるうちに表情を強張らせていく。

ありがたい、伝わるものね。

女には女の敵意がちゃんと。

わたしは一歩さらに近づき、彼女の目を覗《のぞ》き込んで言う。

「いえ、お世話になったみたいで」

自分自身で言葉にした内容に、怒りと苛立《いらだ》ちで頭が割れそうになる。

なんで、ねえ、なんであなたがこの人のお世話をするの？

目の前から小さく息を呑《の》む音が聞こえる。女性店員はわたしからすぐさま顔を逸《そ》らし、

「ご、ごゆっくりご覧くださいね！」と言い残して去っていった。

「……すみません、地藤さん。恋人の邪魔をしたと誤解されてしまったみたいで」

「はは、まあ、休日に男女で買い物に来ていればそう思われてしまいますよね」

地藤さんは爽やかに笑う。その言葉になんの含みもなさそうなのが、勝手にとても苦い。

「妹さんでしたか、電話」

「ええ。用件も予想通りでした」

答えながら、彼が手に持っているものに気づく。

「地藤さん、そのジャケット」

「せっかくだから買っていこうかと。さっきの店員さんがおすすめしてくれたものです」

「…………そう、ですか」

薄手で品のいい作りのそれは、これからの季節に気軽に着られそうだし、彼によく似合うと思う。

だけど、……それ、わたしじゃない女が。

…………。

……。

「……雷原さん？」

「……え、あ、……すみません」

「……ん、すこし顔色が悪いような」

「えと、それは……」

体調が悪いのではなくて、先ほどからの勝手な怒りと苛立ちで血の気が引いているだけだ。

でも、……そうか、でも。

「ご、ごめんなさい、なんだかちょっと立ちくらみが……」

「……っ、それはいけません、休みましょう」

人生で一度も立ちくらみなんてしたことがないわたしの吐《つ》いた嘘《うそ》を、地藤さんは信じてくれた。

「通路に休憩用の椅子があるので、そこまで行きましょう。……歩けますか？」

「……ちょっとクラッときただけなので」

「それはよかった。でも、一応休みましょう」

彼はわたしを店の外へと連れ出した——もちろん、手に持っていたジャケットは戻して。

……そうしてくれるって、わかってた。

「よかった、空いてますね」

「はい……」

大型ショッピングモール特有の、通路脇に置かれた椅子。そこにわたしを座らせてくれたあと、彼は心配そうにこちらを見る。

「……ほ、ほんとにちょっとだけですから。……あはは、慣れないことをしたものだから体が拒否反応を示したのかも」

「なるほど、はは、雷原さんらしいかもですね」

あるいはこちらを元気づけるためにだろう、わたしの言葉に明るくそう地藤さんは返してくれる。

優しい人だ。

そんなこの人に、わたしはなんてことを……。こんな――…………あれ？

こんな？

「そうだ、何か飲み物でも…………雷原さん？」

わたし……あれ？　これって……。

「え、ちが、……わたし……」

「雷原さん？　どうしました？」


「うわ、あれ見て、地雷系」

「ほんとだ。しかもなんかヘラってる感じじゃね？　イメージ通りすぎて笑う」

――わたしの耳が、そんな声を拾ったのは偶然ではないのだろう。

聞くべくして聞いたのだ。

自分の行いを、振り返ってみる。好きな人の気を引くために、優しい反応をしてくれるってわかった上で、具合が悪いと嘘を吐いた。

そういうコミュニケーションの取り方は、そういう人への甘え方は、それはまるで。

まるで、っていうか。

「……あ、れ？」

「ら、雷原さん？」

地雷とは、よく言ったものなのだろう。

踏んで初めてわかるのだ、それが埋まっていたことを。

4章　こちら側の人格に不具合が

「課題ですか？」

「はい。……ご迷惑じゃないですか？　お店で勉強するのって」

「まさか。そういうお客さん、結構いらっしゃいますよ。ゆっくりしていってください」

わたしの注文を取りに来てくれた地藤《ちふじ》さんは、いつも通りの優しい声で言って、カウンターの方へと去っていった。

我慢は、ちゃんとできる。もうちょっとお話ししたいとか、そういうの。

……いや、違うか。我慢ができなかったから今ここにいるのだ。

今日は水曜日。次の日曜日まで会うのを待てなくて、平日の放課後に彼の働く喫茶店にやってきてしまったのだ。

そういえば、学校の制服姿を地藤さんにお見せするのは初めてだ。……どう思われたろう。

好みかな。地雷系の服装とどっちが好きかな。髪型、変じゃない？

……口実にした課題なんて、全然進んだものじゃない。右手に持ったペンは、一文字も書いていないまま。

「…………」

……好きだ。

なんの誤解も誤魔化《ごまか》しも入らない、はっきりした気持ち。

でも、はっきりしたことは他にもあった。

「せんぱ～い、見てください。こんなにお皿重ねて持てるようになったんですよ～」

「おぉ、すごいじゃないか。……ただ、そういうのはお客さんがいないときにやろうな」

「は～い」

「…………」

わたしの左手が自分の胸元あたりに伸びて、シャツの襟元を掴む。ギチギチギチッと音がする。

わたしは、嫉妬深い。恋をして初めて知った。誰かに妬《や》いたことなんて、思えば今までの人生ろくに覚えがなかったけれど、好きな人が出来た途端にこの有様。

人と比べてどうなのかはわからないけど、この嫉妬という感情の濃さは自覚していた。

「そうだ、コーヒー淹《い》れるのもちょっと上手になったんです。あとで飲んでくださいよ〜」

「へえ、楽しみだ。店長に？」

「そう！　実はちょくちょく教わってるんです。へっへっへ、もう先輩を抜いちゃってるかも」

お店の端でノートパソコンへ何か入力をしている地藤さんと話しているのは、彼とここで働いている女の子。人懐っこい雰囲気のある、可愛《かわい》らしい子で。

わたしより早く地藤さんに出会い、わたしより長くいっしょの時を過ごし、今、確実にわたしより彼と親しい。

「すぐに抜けるよ、俺は才能がないからな」

「え〜、そんなこと言われたら、先輩のコーヒー好きなわたしの立場がないんですけど。そういえば最近淹れてもらってない気が」

ここの喫茶店の店長さんは、お客さんとよく喋《しゃべ》るタイプの人だ。だからか、地藤さんたちも同じようにお客さんと話すし、その空気感のまま店員同士でもよく会話に花を咲かせる（真面目な地藤さんが勤務中に話すということは、たぶん、店長さんがそういう雰囲気にすることを好んでいるんだと思う）。

もちろんふたりは大きな声ではまったく喋っていないのだけど、思いきり立てたわたしの聞き耳は不思議とはっきりその内容を拾う——幸か不幸かは、わからないけど。

「そもそも淹れたことなんてあっただろうかな。がんばっている同僚にだけ差し入れると決めているんだが」

「あ〜、健気《けなげ》な後輩になんてことを！」

……わたしに対してとは、全然口調が違う。あんな風にちょっといじるような冗談も、言ってもらった記憶はない。

「…………」

シャツの生地が伸びてしまうほど、自分の手に力が入っているのがわかる。

馬鹿みたいだ。勝手に店に来て、勝手に妬いて。

「難しい課題なのかな、ずいぶん怖い顔をしてる」

「……っ、え、あ」

吐きかけていたため息を、突然話しかけられた驚きでごくんと飲み込む。

いや、突然話しかけられた、は不当な言い方か。

「ご注文のアイスコーヒーです、お待たせしました」

「ありがとうございます……」

その人——店長さんは、わたしが注文した品を持ってきてくれたのだから。

「いやいや、先に言われちゃったな。ありがとうって、こっちが言いにきたんだ」

「え？」

「この前、あいつの看病してくれたんだって？」

地藤さんに聞こえないようにだろう、潜めた声で言う店長さん。

「あ……いえ、わたしが無理やりついていったようなもので」

「それがありがたいよ。あいつ、自分からは人に頼らないから。俺にもあんまり、これが困ったあれが困ったって言いに来なくてね」

もうすこしくらい頼ってくれたっていいんだが。店長さんは苦笑しながらそうこぼす。

「男同士の難しさでさ、本人が『本当に困ったときには、ちゃんと声をかける』って言う以上、こっちからあんまり口や手を出すのはちょっとね」

「そういうものなんですね……」

「そういうもんなんだよ、男の面倒臭いところさ。あの日も、たまたま別件で夜にあいつの家に行ったら寝込んでたもんだから、びっくりしたよ。それくらい言えよな〜って、でもこいつは言わないかーって」

ため息を吐《つ》いて、店長さんは「ああ、そうそう」と接ぎ穂を当てる。

「作り置きの料理もありがとね」

「いえ、大したことは」

あの日は地藤さんに許可を取って食材を使わせてもらい、お粥《かゆ》に続いて作り置きの料理も拵《こしら》えておいたのだ。風邪がすぐ治っても治らなくても、次の日の分のご飯くらいはあった方がいいかなと思って。

「いやいや、高校生であんなにいろいろ作れるのはすごいよ。食材だってろくに揃《そろ》ってなかっただろうに。本当に助かったよ、ありがとう」

「い、いえ、そもそもわたしの方がずっと地藤さんにお世話になっていますので」

「ははは、それもだよ。あいつ、ずっとバイト漬けで高校生らしく遊んだりしてこなかったからね。いい機会なんだ」

甥《おい》っ子《こ》のことを思った、優しい笑顔を浮かべる店長さん。

その顔を、わたしは思わずじっと見てしまう。

「……どうしたの？」

「あ、いえ、す、すみません……その…………地藤さんに、お顔が似てるなあって」

面差しの中に共通するところがある。特に、フッと柔らかい表情になったとき、それがよく出る。

「…………ハハハハハッ！　っ、っ、いや、そうかっ、ははっ」

「ご、ごめんなさい、変なこと言って！」

「いやいや、いいんだ。……はは、これで女性に見つめられることも多い人生なんだが、いやあ、違う男の名前を出されたのは初めてかもしれない」

「と、とんだ失礼を……！」

「まさか。……そうか、雷原《らいはら》さんはなかなかほんとに……うん、俺の眼《め》も曇ってないな」

「……？」

うんうんと頷《うなず》く店長さん。なんのことだろう？

「俺と景《けい》だけど、たしかにまあ似てるかも。そもそも俺と兄貴が結構似てたからさ。

兄貴ってのは、だからつまり」

「地藤さんの……」

「そう、景の父親。逝っちまってから、もう十何年。……俺にとっては歳《とし》の離れた兄だったんだが、気づけばもう俺のが年上だ」

……地藤さんのご家族について詳しいことを聞くのは、これが初めてだった。

お父さんを小さいころに……そうだったんだ。

いまは、だからお母さんとふたり暮らし？　地藤さんの家には他の家族用の食器が一人分あったから、たぶんそうだと思う。

あのとき、地藤さんからは「家族はしばらく帰ってこない」とだけ教えてもらったけれど、……お忙しい方なのだろうか。

「……あの」

「ん？」

「……いえ、すみません、なんでも」

彼の家庭環境についてさらなることをとても聞きたい気持ちはあるが……、憚《はばか》られて口を閉じる。

『生まれてきてもよかったんだって思えるかもって、はは、それだけです』

その言葉は、わたしの頭の中にずっと焼き付いている。ちゃんとしていなくちゃいけない理由を説明するのに、地藤さんが言ったことだ。

生まれてきてよかったって思えるかも、ですらない。生まれてきてもよかったんだって思えるかも、だ。

つまり……自分のことを、生まれてきてはいけなかった存在だと思っていなければ、絶対に出てこない言葉で。

それをあの人は、あんなに当たり前の顔で言ったのだ。

未《いま》だ血を流し続けている生傷以外のなんでもないようにしか、わたしには見えなくて。

彼のためにできることを全部したいけれど、……そんな立ち位置にいないことくらいは自覚できている。

「……おっと、ちょっと喋りすぎたね。お勉強の邪魔をしてしまった」

「いえ、そんな」

「これからもどうか、景と仲良くしてやって」

店長さんは最後までそんな甥っ子想いのことを口にし、去っていった。

そしてやっぱり、スッと背筋を伸ばして歩くその姿勢の良い後ろ姿が彼に似ている……なんて思ってしまう。

一口、アイスコーヒーを飲む。詳しいわけじゃないけれど、掛け値なしにどこのお店で飲むものより美味《おい》しい。

「……ふー」

店長さんと話し、コーヒーで一息入れて、妬みで荒ぶった気持ちがすこし落ち着いたような気が。

よし、うん、せっかくだし課題もちゃんとやっていこう――

「お皿もたくさん持てる、コーヒーも美味しく淹れられる、これはもう先輩との立場逆転も近いですよ、わたし」

「皿洗いもうまくなってくれたら言うことないな」

「………」

我慢、だいじょうぶ、別に、そんな。

「そういえば、たくさん皿持てるようになったのも店長に？」

「違いますよ〜、それはお店で鍛えたんじゃないです。単純に腕力！　とか指の力？　が上がったんです、別の場所で」

指の力！　と言いながら、後輩の女の子がキーボードをカタカタ叩《たた》く地藤さんの腕を摘《つま》んだ。

……は？

………や、落ち着け。落ち着け……。ふたりの仲の良さに、わたしがどうこう言えた筋合いじゃない。当たり前の話。

だから、落ち着け。……だいじょうぶ、わたしは冷静。

「お〜」

「なんだ、お〜って」

「先輩って結構筋肉ありますよね〜。いや、わたし最近ボルダリングやってるんですけど、先輩も向いてそうだなって」

「ボルダリング？　壁登るやつだっけ」

「そうそう。駅前に出来たんですよ、やれるところ。友だちに誘われて行ったらハマっちゃって」

「ああ、だから腕の力とか付いたのか。……揉《も》むな揉むな」

指での摘みから始まって、今では手で地藤さんの腕をグニグニと揉み込んでいる後輩の女の子。

小学生のころに道徳の授業があったのは、無駄なことじゃないんだな。でなきゃ、わたしは今ごろこうして椅子に座っていないと思う。

……冷静に。だいじょうぶ、わたしは冷静だ。

「……ね、先輩、いっしょにボルダリングどうですか？　楽しいですよ～」

「俺？　いや、知っての通りバイトが……」

「バイト上がりにちょろっととか！　わたしも学校帰り行ったりするんでいけますって！　やったことはないです？」

「ああ、一回も」

「…………」

だいじょうぶ、だいじょうぶ、だいじょうぶ。

別に、だって、わたしは、わたしが、どうこう言うことじゃ、

「それじゃあわたしが教えますから！　手取り足取り、ばっちり面倒見ますよ～！」


バギンッ、と手元で音。

握っていたシャーペンが、手の中でふたつに折れていた。

ああ、ダメだ。

広げていた教科書とノート、筆記具を手早く鞄《かばん》にしまって、わたしは席を立つ。

レジの前に立つと、気づいた地藤さんがやってきてくれた。

「地藤さんすみません、お会計をお願いします」

「はい、ありがとうございます。……もしかして、なにか急用ですか？」

課題をやるなんて言って、コーヒー一口だけしか飲まずこんなにそそくさと帰ろうとするんだから、それは変には思われるだろう。

「……ええと、その、……今日はちょっとお腹《なか》が痛くて、やっぱり帰ろうかなと」

「……すみません、変なことを聞いて」

「いえ、そんな」

女にとって「お腹が痛い」の嘘《うそ》は男性相手に便利だと、彼氏持ちのクラスメイトが言っていた。そう言えばだいたいの男性は深く掘り下げてこないから疑われないし、でも心配はしてもらえるからと。

それを聞いたとき、「そういう嘘を吐《つ》くのはどうなんだろう。そもそも、ほんとうにお腹が痛いときも毎月あるし……」とか思ったものだけど。

「お会計、千円から……こちらお釣りです。……あの、もしお辛《つら》ければ店内で……ああ、いや……」

あーあ、……クラスメイトの言った通りだ。変に心配はさせないまま、でも気遣われる心地よさだけを摂取できてしまう。

「いえいえ、歩けないとかじゃないので」

「……そうですか。ならよかったのですが……」

また日曜日、と彼に言い残してわたしはお店を出た。

「…………」

最悪だ。

それはもちろん、わたしという女が、である。

「……あ――――――…………」

変な声を漏らしながら、顔を手で覆う。

……我慢、できなかった。彼と他の女性が話すだけで落ち着きがなくなる。

特に、彼のお世話を自分以外の女性がしているのを見ることが、どうしても我慢できない。身勝手な怒りと重い苛立《いらだ》ちが体の中を一瞬で埋め立ててしまう。

聞いていられなくて席を立って、でもわたしのことを気にしてほしくてあんな嘘を吐いた。

危うい情緒不安定に、気を惹《ひ》くための嘘。内側の激情を制御しかねて、他者を振り回すその在り方。

「…………わ、たしは」

もう、あの服を着る必要はないのだろう。地藤さんと出かけるときには必ず着ていた、地雷系ファッション。

だって、今のわたしはもう、学校の制服を着ていたって立派な地雷系だ。

ファッションじゃない、本物の。

「お～、目の前にすると不思議な迫力がありますね」

「他では見ない光景ですよね」

　さまざまな角度の付いた壁と、それに設《しつら》えられたカラフルな突起の数々。壁の根本にはマットが敷かれている。

　駅前に出来たボルダリングジムに、わたしと地藤さんはやってきていた。日曜日、いつものお出かけである。

「しかし、雷原さんはこれの経験もおありとは。ご家族で、でしたっけ」

「はい、体を動かすのが好きな一家で」

「健康的ですね。お父さんがサッカーの、お母さんがアマレスの元選手でしたよね。今もそれ関係のお仕事だとか」

　覚えていてくれたんだ。そんなことがすごく嬉《うれ》しい。

　父と母のことについては、いつかポロッと一回言っただけ。……それくらいで、なんて言われてしまうかもしれないけれど、いちいち舞い上がってしまう。

変な口調にならないように気をつけて、わたしは会話を続ける。

「そうです。ふふ、妹たちふたりはスケートにいってしまったし、わたしはわたしで何かのスポーツに熱心なわけではないので、両親にはちょっと申し訳ないなと思うんですが」

「そっか、誰もサッカーもレスリングもやっていないとなると」

「はい。でも、両親的にはやらないでくれてよかった、とも。自分の専門競技となると、その選手として子どもを見るのは、ちょっと辛いし難しいって。重ねて期待しちゃうから」

「……そういうの、たしかにありますよね」

言いながら、グッグッと腕をストレッチをする地藤さん。

……好きな男性のその手の仕草にほおが熱くなるのは、わたしだけなのか女性はみんなそうなのか。

来てよかったなと、これだけで思ってしまう。

あーあ。

うん、心から思う。

最悪だ。

「では申し訳ないんですが、ちょっと雷原先生に教えていただきたく」

「あはは、やめてくださいい先生だなんて。二、三回ほど家族でやったことがあるだけですから」

嘘じゃない。何年か前、テレビで特集を観《み》た母が挑戦してみたいと言って、みんなでやりに行ったのだ。

だけど、もしやったことがなかったとしても、……わたしは今日のお出かけをここに誘っていたと思う。

『それじゃあわたしが教えますから！　手取り足取り、ばっちり面倒見ますよ〜！』

……あの言葉を聞いたのは水曜日。日曜までにはまだ日があった。どこかで一度体験する時間は十分ある。

この人のお世話を焼く役目を後輩の女の子から横取りする。わたしがしたのは、そういうことだった。

嫉妬、焦り、対抗意識。身勝手な、独占欲。

「でも、近所にやれるところが出来たと聞いて、久しぶりにしたくなってしまって。すみません、お付き合いいただいて」

「いえ、実はちょうど俺もやってみたいと思っていたところだったんです。店の後輩から誘われたりもしていて」

……まさにその話を聞いての今日のお誘いだったのだが、地藤さんはそのふたつを関連づけて捉えてはいない、のだろうか。

そうだとしたらホッとするような、つまりすこしも意識されていないことが浮き彫りになるわけで悲しいような。

「よかったです。わがまま言わせていただいたから、どうかなと思っていたんですが」

「はは、遠慮なくわがままを言っていただくのが、そもそも俺の役割ですから」

役割、という彼の表現は正当だ。だってわたしたちはそういうお題目でお出かけしているのだから。

そこに寂しさを感じるのは、つくづく身勝手。

そもそもはっきり言って、人にわがままを言う練習をするためのお出かけ、なんてもう成り立たないのだ。だって必要がない。

今日は『行き先から自分の行きたいところを主張してみる』という練習をしてみたい、なんて言ってここに誘ったわけだが、こじつけもいいところだ。

この人に関わることだけならば、わたしはとっくにわがままで、自分勝手な地雷系。

それこそ、いつものお出かけと違いスポーツウェアを着ていたって、中身がそうなら関係ない。

「あの壁を登るんですよね。ええと……」

「はい、基本的にはですね――」

わたしは地藤さんにボルダリングのルールやマナー、注意事項などを説明していく。シンプルな話なので前に習ったことも覚えているし、一応昨日動画を観て復習もしてきた。

「なるほどなるほど、壁についてる石……ホールド？　のうち、スタートからゴールまで指定されたものだけを使って登る、と。それがコースになっている」

「はい。ホールドごとに印が、このお店だと数字を振られた色付きのテープが貼ってあるので、同じ色、同じ番号のものを辿《たど》っていく形になりますね」

「ふんふん、好き勝手登っていくものだと思ってました」

「ふふ、必ずしもそれがダメだというわけではないらしいですが、ボルダリングのいちばんの醍醐《だいご》味《み》はやっぱり、決められたコースをどう攻略するか考えて挑戦すること、みたいです」

あー、腕の長さとか違うから、その人ごとに攻略の仕方が変わるのか……と、興味深げに地藤さんは頷《うなず》く。

……うわ～、かわいい。かわいい、……かわいい……。

…………。

……。

……………かっわ……。語彙が消える。

「さっそく、ちょっとやってみてもいいですか？　スタートのホールドを両手で掴《つか》んで、両足を地面から離して開始、ですよね」

「はい、がんばってください！」

マットに上がり、壁へ近づいていく地藤さん。そしてホールドに手をかける。

「……よっ、……っと、…………ええっと次は、……あれか」

いちばん初心者向けのコースとはいえ、地藤さんはスムーズに登っていく。危なげもあまりない。

すごい、かっこいい！　……とは思うけど、それよりかわいいの方が強く来るのはわたし側に原因があるのだろうか？

無事、地藤さんはゴールのホールドに両手をかけ三秒。クリアだ。

その姿勢のまま、彼はくるりと肩越しにこちらを振り返って――嬉しそうな笑顔を見せた。

いや、いや、……いや。

うー。

だからその。

あのですね、気絶しそうになります。

……っあ！　写真！　写真撮ってない!!　ていうか動画！　動画、え、なんで撮ってない？　撮ってない？　ほんと？　撮ってない誰か？　いやわたしが撮ってないってことは撮ってないか。いやわたし以外の誰かが勝手に撮ってたら許さないけどそりゃ撮ってないか。

そんな思考がゴリゴリ回っている間に、地藤さんは壁を降りてこちらへ戻ってきた。

「なんとかなりました……！　合っていましたか？　あれで」

「はい、ばっちりです！」

国宝が壁を登ってる！　と思いました！　を社会性フィルターに通すとこのような発言になります。

今日は感情が乱高下しっぱなしで、これぞ情緒不安定。

「登り切ると独特の達成感がありますね……。どういうスポーツなのかちょっとだけわかった気がします」

「ふふ、よかったです、楽しんでもらえて」

「うまい人だとどんな感じで……お、向こうの人すごいですねっ」

ふいっと地藤さんが視線を向けた先には、手慣れた動きでホールドを伝っていく男性。

角度もしっかり付いた見るからに難度の高いコースにトライしている。

「おお〜、跳んだ……！　ああいうのもあるんだ」

先のホールドに向かって反動を付けて飛び移る姿に、地藤さんは感嘆の声をあげる。あれはランジという技《ムーブ》だ。

「あの人すごいですね〜」

地藤さんは熱心にその男性を見つめている。

…………。

ざっと壁を眺め、わたしはよさそうなコースを確認。

「地藤さん、わたしもやってみますね」

「お、がんばってください」

マットに上がり、壁に向かい合い、ホールドを摑んでスタート。

「……っと、…………っほ」

バランスを意識しながら、まずは足の位置を定め、それから手を伸ばす。ハシゴを登る要領である。

次の足のホールドは位置が高い。わたしはグッと足を高く上げ、ホールドへ踵《かかと》を引っ掛けてそこから体を持ち上げる。足を三本目の手のように扱う、ヒールフックというムーブだ。

「おお〜、すごい！　体柔らかいな……」

地藤さんのそんな声が聞こえる。

見てくれてる、わたしを。わたしだけを。

顔が壁の方を向いていてよかった、だらしなく緩む表情は見られずに済む。

そのまま進むと、今度はホールドの位置が遠い。普通に手を伸ばしても届かないし、ここは。

「……っ」

片方の足を振り子のようにして反動を付け、一気に跳ぶ。一瞬の浮遊感ののち、狙いのホールドをガッと摑んで、体をピタリと安定させる。

「……おお！　……すっご……」

耳に入る、さらなる感嘆の声。ゾクゾクと快感が背中を走る。

すごいと言われることそのものにはあまり興味がない。地藤さんが熱心にわたしだけを見ている、それがなにより脊髄と脳を焼く。

……もったいぶってちょっとゆっくり目に動くわたし。そうすればなるべく長い時間見てもらえるかも、とか思って。

「お兄さん、彼女さんすごいっすね〜」

「彼女ではないんですが、ありがとうございます」

「……ん？」

なんてやっていると、地藤さんが誰かと話す声が聞こえた。チラッとわずかに視線だけ向けて確認すると、先ほど上級者向けの課題をやっていた男性だ。

……彼女じゃない。…………はい、そうです。

「あ、彼女じゃないのか。ごめんごめん。……ガッツリ経験者って感じだよね？　大会とか出てるでしょ？　安定感エグすぎるわあれ」

「上手な方からしてもやっぱりそう見えるんですね。二、三回やっただけ、らしいんですが」

……地藤さんに話しかけてきているのが男性だから、そこまで泥のような気持ちは湧いて出てきていないのだが、それはそれとして自分への意識が削《そ》がれているような気もして、……ちょっと嫌だ。

我ながら恥ずかしい貪欲さ。

自覚しながらも制御できない。

……あ、次のホールドあそこか。……ちょうどいいな。

「二、三回だけ!?　は!?　絶対嘘《うそ》でしょ！　…………え、マジ？」

「みたいです」

「いや～マジか…………あ、ダブルダイノ！」

完全に両手足すべてをホールドや壁から離して跳び、先のホールドを両手で摑んで体を止める。ダブルダイノという、たいへん見栄《みば》えの良い技だ。

成功してよかった。一応、初めてやってみたときから一度も失敗したことはなかったので、だいじょうぶかなとは思ったのだけど。

「おお〜、すごいな……！」

「いや、体ビッタリ止まるやん……あのお姉ちゃんどんな握力と体幹してんだ……？　関節も柔らかいしセンスもある……。なんか他のスポーツやってる感じ？」

「いえ、ただ家族はスポーツ一家みたいで」

「は〜、才能じゃん」

そんな会話を聞きながら、ゴールのホールドへ辿《たど》り着く。よし、クリア。

壁を降りて地藤さんたちのもとへと向かうと、「ナイス！」と男性が労《ねぎら》ってくれる。

「お姉さんすごいね！　大会とか出てみない？」

「ありがとうございます、……でも、あまり人と競うのは得意ではなくて」

「ええ〜、でもさあ、……いや、そっか……うーんもったいない……。もしやる気になったらここの店長さんとかにぜひ声かけて！　……あ、てかごめんねお邪魔しちゃって！」

真剣に惜しんでくれたらしい男性は、快活に笑って去っていった。

「すごかったですね雷原さん、さっきの」

「あはは、ちょっと挑戦してみました。うまくいってよかったです」

「足腰が強いとか、もうそういうことじゃないんですね。才能の塊だ」

「いえいえ」

「さっきの方もおっしゃってましたが、大会とか……うーんでも、雷原さんはそういうタイプではないですよね」

むむむ……と唸《うな》る地藤さん。

体を動かすのは好きだけど、ひとつのスポーツをとことんやるよりは、いろいろやって楽しんでいたい。それになにより、自分自身の記録を良くすることにも誰かと勝ち負けを競うことにも、正直興味がないのだ。

「……こうやって地藤さんにすごいと言ってもらえるだけで、わたしは満足なんです」

「はは、それは光栄です」

わたしとしてはがんばって踏み込んでみたつもりだったけれど、……冗談に思われてしまった。

「……地藤さんは、勝負ごとは？」

「俺もあまり勝ち負けには執着が。はは、でも執着があったら苦労してたかもしれません。何をしても才能がないので」

「そんなことはないと思うのですが……」

見る限り運動神経だって良さそうだし。

「はは、まあいいんです。こうして誰かとスポーツを楽しむのは好きですし。よし、俺もちょっとまたやってきますね」

今度はさっきと違うコースに挑戦し始める地藤さん。ズンズンと進んでいく。……やっぱり運動神経良いよね？

地藤さんこそ、なにかスポーツやったらいいんじゃ。死ぬほど応援するし生きてる人間に可能な限りのサポートもする――なんて、そうなったら迷惑をかけてしまうかも。中学時代、六つの部活でそうなったように。

………。

やはり、わたしのような女が地藤さんに近寄るべきかというと、まったくそうではないと思う。恋をして、自分の碌《ろく》でもなさに失望しかしていない。

「………ぁ」

思わず物思いに沈んでいたわたしの視界の中、地藤さんがホールドを摑《つか》み損ねた。ボスンと音を立ててマットに落下。

「わっ、だいじょうぶですかっ？」

「はは、ぜんぜん。摑めると思ったんですが、……うーん、ちょっともう一回」

よかった、なんともなさそうだ。地藤さんはすぐに起き上がり……、

「……っ」

その拍子、ちょっとシャツが捲《めく》れる。息を吞《の》んだわたしは、……全神経を集中し、シャツの裾が元の位置に戻るまでの一瞬の時をフル活用、凝視！

好きな男性のお腹《なか》がチラッと見えるの、嫌いな女がこの世にいるだろうか。

なんていう風にまったく顔を逸《そ》らさないのも、わたしの欲望塗《まみ》れで浅ましいところ――

あら？

……お腹のところに痣《あざ》があった気がする。

「よし、っと」

再びトライする地藤さんの動きに変なところはない。見間違いだったかも。それか、昔のもので痛みはないか。

地藤さんは、今度は無事ゴールまで到達。拍手をするわたしのところへ、「なんとかいけました」と笑いながら戻ってくる。

「素晴らしいです！」

「はは、俺も一応まともにできたぞって後輩に言えるかもしれません」

……後輩。

出てきた単語に、腑《ふ》の中でズクリと黒いものが起き上がる。

「……お店の、あの方ですか？」

「ええ、あいつもボルダリングを最近始めたみたいで」

あいつ。……あいつ。

……考えてみれば、地藤さんはあの子に対して敬語を使わず気軽な口調で話している。

年下だからそれはそうかもしれないけれど、……じゃあ、同い年のわたしにも、そういう話し方にならないでしょうか。

なんて、わたしだってずっと敬語を使っている。初めに話したときからそうで、そのまま変わらずだ。

「もしいっしょにやりに来たら、絶対勝負だ勝負だ言われますよ。勝ち負けにこだわるタイプで」

「そうなんですね」

他の女の話をしないで、なんて言えるような関係性じゃなく。

「……いっしょに、お出かけとか、されるんですか」

聞きたくないと思いながら、それでも気になって口にしてしまうのがわたしの愚かさだ。

「いえ、そういうのは今のところは。ああ、スマホでゲームをやったりはしますが。夜にボイスチャットしながら」

夜に、ふたりで？

…………。

……。

「仲、良いんですね」

「俺に構ってくれてるって感じかもしれません。良いやつなので」

「……まあ、それは」

夜に、ふたりで、どんな話するんですか？　ゲームのことだけですか？

「素敵ですね」

ギチチチチと、わたしの手は自らの服の裾を握りしめている。

「すみません……勝手で……」

「いえいえ。俺は助かりますよ」

トントントントンと、小気味のいい音。

「最近がんばってらしたから、反動が来たというのもわかります」

「そう言っていただけると……」

恐縮で縮み上がったかのような声で言う雷原さんは、現在、俺の家の台所で絶賛料理中だ。

申し訳ありません、禁断症状が——そんな連絡が来たのは平日水曜日の夕方だった。ちょうどバイト上がりの帰り道。

自分が観《み》たい映画を言えたり、自分が行きたい場所に誘えたりと、最近いい感じに自己変革の道を進んでいた雷原さんだが、だからこそ反動が来たらしい。

前のチートデイのように何かお世話をさせてほしいと言ってやってきて、料理を作ってくれている。

「……いつも、地藤さんがお料理を？」

「そうですね」

母とふたり暮らしだが、帰ってきたり来なかったりだ。家事全般は俺の役目である。

なので、この家の台所で自分以外が料理をする後ろ姿なんて、……何年ぶりに見るだろう。前に雷原さんがお粥《かゆ》や作り置きを拵《こしら》えてくれたときは、部屋で寝ていたから見ていないし。

「作ると言っても、あまり上達しないのが悩みですが。雷原さんはお上手ですよね」

「そ、そうですか？」

「はい、お弁当もそうでしたが、とても美味《おい》しかったので。ホッとする味というか」

「……嬉《うれ》しいです」

包丁の鳴らすリズムがすこし乱れた。料理中に変なことを言ってしまった、申し訳ない。でも、本音だ。俺が自炊で作る料理は、「食べられる状態にさえすればいい」と思っていることが前面に出てしまっている気がする。

それと比べると、雷原さんの料理はいろいろなもてなしの心や思いやりみたいなものが、芯までしっかり染みていて——沁《し》みてしまう。そういうものを食べ慣れて生きてこなかったから、だろうか。

「………」

すっかり長くなった日は、未《いま》だ暮れなずんでいる。室内に差し込む赤い陽《ひ》の光。変わらず小気味のいい音が響き続ける室内には、火にかけられた鍋から美味しそうな匂いが漂ってきた。

こういう光景が、もしかしたらうちにも……いや。

……やっぱり沁みるな。すこし、目に。

「……あのー、地藤さん。ごめんなさい……」

「え、どうしました？」

「……そ、その…………た、楽しすぎて、手が止まらなくて……！　誰かのためにお料理するのが……！　……よろしければ、今日の分のお夕飯だけでなく、作り置きとかも拵えてしまいたいのですが……」

じいっと見ていたのが迷惑だったろうかと思っていたが、全然違う話だった。そして、すごく雷原さんらしい。

本日もチートデイということで、思う存分やってもらった方がいいだろう。もちろん俺としても、雷原さんの料理が追加で食べられるならとてもありがたい。

「ぜひお願いします。楽しみが増えました。……あ、材料足ります？」

「……ええと、……ごめんなさいっ、ちょっと足りないかも」

「ですよね、買ってきます」

スーパーはわりと近くだ。

足りないもののメモをスマホのメッセージで送ってもらい、俺は買い出しに向かった。

「……家で誰かがご飯を作ってくれてる、か」

道中、なんだか不思議な気持ちになりつつも手早く買い物を済ませて戻ると、すでにたくさんの料理が。

「雷原さん、実は心配事がありまして」

「え！　な、なんですか⁉　わたしになにかできますか⁉」

「……このままでは俺は、食べるのが大好きになって太ってしまうかも」

「……も、もう！　……ふふ、ならたくさん作らなきゃですね」

深刻な顔をして馬鹿なことを言った俺に、雷原さんは笑う。

……実はもうひとつある心配事を、俺は口にできなかった。

雷原さんの作り置きがなくなったとき、自分の料理の味気なさに嫌気が差してしまうかもしれない、なんて、……だって言えないだろう。


『っと、これは冷蔵庫に……』

「…………」

ザザザッとノイズはいくらか乗っているが、許容範囲。

『さて……』

声の後に聞こえてきたのは、ザーザーカチャカチャ、洗い物をする音だ。

無意識らしいちょっとした独り言と生活音。

誰かに聞かれていることを前提としていないそれらを、今、わたしはイヤホン越しに聞いている。

「…………」

地藤さんのお家で料理を作り終え、実はそう離れていない自宅まで送ってもらい──そしてしれっとやってきたここは、地藤さん宅から百メートルほど離れた位置にある、小さな公園。

日はすっかり沈んで、辺りは小さな街灯ひとつの光だけ。カチャカチャ、ザーザー、相変わらずイヤホンからは洗い物の音が流れている。

薄暗い景色の中、後ろ暗い手段で手に入れた音を、わたしは聞いていた。

地藤さんが食材を買いに出ている間、仕込んだのは盗聴器。リアルタイムに音を拾って、百メートル程度までの距離内に届けるもの。

いけないことをしている。倫理だけでなく法律的にも完全に。

それをわかっていながら、わたしは。

『……ん、もしもし？』

「……っ」

どうしても、どうしてもどうしても聴きたいものがあって。

『俺？　夕飯の洗い物が終わったとこ。今から？　ああ、だいじょうぶ。やるか』

「………」

『あー、なんかイベント始まったよな。あれってやった方がいい？　……へえ、そうなんだ、じゃあやるか』

どうやら早速、まさにピンポイントな場面となったらしい。

夜にいっしょにゲームをする。お店の後輩の、女の子と。

『……編成ってこれでいいのかあ？　うーん？　ガチャは無料しかやってないからなあ。……あ、そうなの？　へえー、じゃああとで育てるか……』

ゲームのことは、わたしにはよくわからないけれど。

『ははっ、いや、ごめんごめん、ミスったミスった！　……おー、ナイス！　素晴らしい、生来の攻撃性が出たなあ。……ははっ、そうかあ？』

とても楽しそうなのは、すごく伝わる。

砕けた口調で、冗談なんかも挟みながら、仲よくゲームをしているふたり。

対してわたしはひとり、薄暗い公園で実感している。その女の子と比べて、どれだけ自分が彼と距離のある付き合いなのかということを。

知りたかった——思い知りたかったのだ。

受信機の筐体《きょうたい》をギチギチと音がするほど握り締めてしまっても、噛《か》み締《し》めた唇からずっと血の味がしていても。

どれくらい負けているか知らなきゃ、だって勝てないから。

「…………」

なんて、自分で考えておいて笑ってしまう。……勝つ？　わたしが？

勝ち目がどうのの話ですらなくて、そもそもわたしは勝つべきなの？

「……わ、たしは」

あの人が好きだ。

しっかりしていて優しくて大人な彼の中に埋もれていた、歪《いびつ》で危うい脆《もろ》さという爆弾が、惹《ひ》き寄せられて踏み込んだわたしの足元で爆発し——つまり地雷を踏んだかのようにして、わたしは、恋に落ちた。

問題は、それで出来上がってしまったのが、しっかり性質《たち》の悪い本物の地雷系だったということ。

他の女なんて目もくれず、わたしのためになんでもしてほしいとは、真実、すこしも思わない。でも、あなたのすべてのことはわたしがやりたいから、他の女になんてただのひとつも渡さないでと、心の底から思っている。

そのためなら、倫理も法律もどうでもよくなるし、平気で嘘《うそ》も吐《つ》く。

「…………」

あの人の中に傷と痛みがあるならば、血が流れているならば、わたしにできる全部をしたい。

でも、こんな女にその資格があるとは、資格を得られる立場になっていいとは、どうしても思えなかった。

幸せに、なってほしい。

そう願うからこそ、はっきりしてる。

雷原甘音《あまね》は、見えてる地雷だ。

「そういえば、ずいぶん仲良くなったみたいだな、雷原さんと」

「え？　ああ、うん、おかげさまで俺は少なくともそのつもりです。昨日も、実は家に来てご飯と作り置き料理をたくさん用意してくれましたよ」

「へえ、ほんとに世話焼きなんだな」

「でも当初の目的通り、ちゃんとわがままも言えるようになってきたんです。……いや、ほんとに店長が融通利かせてくれたおかげですよ」

「叔父さんだ、今は。つうか敬語もなし」

「はは、ごめん叔父さん」

店の中とはいえ、閉店時間を過ぎている場合は店長と従業員ではなく叔父と甥《おい》、というのが叔父さんのルールだった。たとえそれが、閉店作業&明日の開店準備という仕事中でもだ。

「敬語といえば、しかしお前ら、ガッツリ敬語で話してなかったか？」

「ああ～、それはそうかも。……最初の感じがずっと抜けなくて」

「始まりがちょっと特殊だったもんな。重い言い方すりゃ加害者と被害者という」

俺の側にそういう認識はないが、客観的に見ればそんなことになるんだろう。

「そろそろ敬語なくしますか、って言ってみるかなあ」

「そうしなくっちゃいけないわけじゃないが、お前が雷原さんともっと仲良くなりたいと思うなら、そうすべきだな」

「もっと仲良くなりたいか、か……」

「ぶっちゃけどーなのよ、女の子として」

問われ、考え、……そして俺は答える。

「……雷原さんが、どうとかじゃないや」

「…………」

「俺、恋愛は……やっぱ怖いかな。女の人のいろんな感情と向き合うのは、……ちょっと。友だちとかだったら全然いいんだけど」

学校では女友だちとも喋《しゃべ》るし、この店にはあの人懐っこい後輩もいるし、休日にはそれこそ雷原さんと出かけている。そういう、友人くらいまでだったらいいのだ。

だけど、それ以上は。

だって、より強い感情を向けられるということで、それは……。

「……そっか」

「うん。ていうかあれだよ、そもそも別に、雷原さんは俺のことそういう意味で好きなわけじゃない。最初にしたって、シミュレーション相手としてちょうどよかったってだけだし」

「でもその後、しっかり仲良くなったろ。それこそ、家に看病やら飯作りやらに来てもらうくらい」

「人のお世話が好きな人だからだよ。てか、はは、家に来てもらった話をするなら、そのとき情けないところも見せてるんだ。だから男としては好きになんないよ、俺みたいなやつ」

「情けないところ？」

問い返す叔父さんに、俺は苦笑して答える。

「熱のせいであんまりよく覚えてないんだけど、雷原さんに看病してもらってるとき、なんか泣いた記憶が……。頭茹《ゆ》だって混乱してたのかなんなのか、悲しいとか辛《つら》いとか思ってたわけじゃないはずなんだけど、涙だけ止まんなくて」

「………………」

「なんだったんだろなあ、あれ。いまだによくわかってない。でもとにかく、そんな情けない男好きにならないでしょ……叔父さん？」

「お前、……いや、…………そうか」

「……？」

叔父さんは数秒、ジッと俯《うつむ》いていたが、やがて顔を上げていつものライトな調子で言う。

「ま～あれだ、交友関係というのは大事だぞ。男女の関係にならずとも、異性の友だちは貴重だ。恋人になるならないは置いておくとして、もうちょい距離詰めてみてもいいんじゃないか？」

「そうかな」

「そうそう。……どうせお前のことだ、自分自身の話ってあの子にしてないんじゃないのか？」

「……あー」

言われてみれば……、俺の話をわざわざしたことなんてあまりないかもしれない。

「はっはっは、図星だろ？ たしかに女相手の定石は『とにかく話を聞く』で、それで九割九分の手合いは喜ばすことができる。が、刺さらん一％がいることを忘れるな」

「雷原さんは一％？」

「コーヒー淹《い》れる技術より、女を見る眼《め》に自信ありだぜ、俺は。……ある程度話せば見えてくんのよ、その子の本質みたいなもんがな」

バリスタの世界大会で入賞している人が言うことではないと思うが、それだけに説得力はすごい。

「こんなの別に知りたくないだろう、と思うことでも言ってみろ。それくらいでちょうどいい。敬語をやめるとか、そういう話の前にまずはそれだな」

「そんなもんかな」

「そう、最近あった変わったことでもいいし、好きな映画の話でもいい。いや、映画観《み》には行ってんだったか。さすがにそんな話はしてるか」

「それは一応」

「じゃあ代わりに俺の好きな映画を伝えておいてくれ」

「なぜそうなる……？」

謎の論理展開だ。

「叔父さんがよく観る映画って、ノンフィクション系の戦争映画だよね？」

「あー、まあ好きだが違う。違う違う。なあ景、ちゃんと雷原さんに伝えておいてくれよ。俺のフェイバリットタイトルは――」

念入りな前置きの後に叔父さんが口にした名前は、ちょっと意外なものだった。

叔父さん、そういう映画好きなんだったっけ？

ガチャガチャ！　と玄関から音。

母さん、帰ってきたのか。時刻は夜十時。自宅の部屋で課題をしていた俺は、玄関まで顔を出しに行く。

「母さん、おかえり」

「………………」

俯いて靴を脱いだ母さんは、やがてスッと顔を上げ――

「なんで鍵しめてんだよ!!」

手に持ったキーケースをこちらに向かって投げつけた。俺の目のすぐ横を、チッと掠《かす》る音を立てて通り抜けていく。

「玄関！　なんで鍵しめてんの！　母さん帰ってくるってわかってるでしょ！　なんで開けとかないの!?　……ミサかわいそうじゃん！」

ミサ、というのは母の名だ。気持ちが昂《たかぶ》ると、母さんは自分のことを名前で呼ぶ。

「ごめん、母さんがいつ帰ってくるかわかってなくて……」

母さんは、普段は恋人の家に泊まっている。帰ってくるのは不定期だ。

「いちおう、スマホに連絡したつもりだったんだけど……」

「………………」

母さんは無言でスマホをチェックする。そこにはたぶん、俺からの帰宅についての確認が届いてはいるはず。

「……開けとけば良いじゃん別に！」

「………ええと、前に、そう言われて開けておいたら、母さんに注意されちゃったから」

なんで鍵しめとくこともできないの！　と靴が飛んできたのは、わりと最近の話だ。

「なんで……」

「……母さん？」

「なんでそうやってすぐ怒るのぉ……？　ミサ、そんな話してるんじゃないじゃん……。疲れて帰ってきたら鍵開いてなくて、それが嫌だったたってだけじゃん……、なのになんでミサにそうやって言うの……？」

「怒ってないよ、ごめん、俺の言い方が」

「ッ大きい声出さないでよ！　怒ってんじゃん!!」

母さんは俺を押し退《おの》けてリビングに向かった。

ガタンと音を立てて席に着き、後を追ったこちらを振り返らずに言う。

「疲れて帰ってきたら『なに食べる？』がほしい」

「ごめん、……なに食べ」

「遅いッ!!」

テーブルの上にあったテレビのリモコンが投げられて飛んでくる。俺の頭上に外れ、壁で跳ね返り床に転がった。

「……ッ拾えよ！」

「ごめん」

最初から拾うと、それはそれで「目の前でわざとらしくやめろよ！　嫌味じゃん！」と怒らせてしまうので、難しい。

「パスタ！　ナポリタンのやつ！」

言われた通り、調理に取り掛かる。……その間、母さんはいつもスマホをいじって静かなので助かる。

昔から母の叫び声を——今ではすっかり女性の叫び声を聞くと、瞬時に嫌な汗が全身から湧き出て、体がうまく動かなくなるのだ。だから料理中にそうされてしまうと、まともに作れなくなってしまう。

幸い母さんはずっとスマホを見たままで、冷蔵庫に材料もあったので、ほどなくして注文のものが出来上がった。

机に置くと、母さんはフォークを手にもそもそとそれに口をつける。

そして、ポロポロと泣き始めた。

「なんで、あんたはそうなの……？」

「…………」

「ちょっとしたことを、ちゃんとしててだけじゃん……。……いちいち、なんでそんなにできないの……？」

「ごめん……」

「タッくんだったら、こうじゃないじゃん……。なんで……？　……これも、タッくんみたいにちゃんと作ってないじゃん……。なんで作れないの……？」

自分なりにがんばったつもりだけど、やっぱりまともな出来じゃなかったらしい。

……タッくん、とは父さんのことだ。俺が小さいころに逝ってしまったから、その人の料理の味を俺は覚えていない。覚えていたら、もっとマシだったろうか？

……いや。

「なんでさあ、なにしても才能ないの……？　タッくんみたいにできないの？　やめてよお、なんでそうなの……？」

「……ごめん……」

「ちゃんとしてよ、……ちゃんとしててだけじゃん……」

なにしても才能がない。せめてちゃんとしろ。それがどうしてできない？

食べ終わるまで母さんはずっとそう言っていて、俺には返す言葉がなかった。

やがて母さんは台所から去った。皿が飛んでこないだけ、今日はありがたかった。当たりどころが悪かったとき、いろいろ支障が出てしまったから。

俺は洗いものに取り掛かる。

「……ん」

机の上に置いたスマホが震えた。チラッと画面だけ確認すると、叔父さんだ。たぶん、シフトの話だろう。

そういえば、叔父さんにされた話を思い出す。雷原さんとはもっと友人として距離を縮めても良いはずで、そのために自分自身の話をしてみろ、という。

たとえば、最近あった変わったこととか。

「………変わった、こと」

ないんだよなあ。

わりと、いつも通りの日常ばかりで。

取り立てて変わったことなんて、なにもないのだ。

「……あの、地藤さん、もしかして今日なにか……わ、わたしに言いたいこととかがあるのでは……？」

地藤さんへこの質問をしたわたしの心臓は、信じられないくらい早鐘を打っている。

良いドキドキではなく、とても緊迫感のある方だ。

「え？　……ええと」

「…………」

いつもの日曜日のお出かけ。十時くらいから集合で今はいっしょにお昼を食べているのだが、今日は最初からずっと彼の様子が変なのだ。

こちらになにかを言いかけてはやめる……ということを繰り返している。

もちろんそんなに露骨にやっているわけではないのだが、こちらは盗聴器なんて家に仕込むようなタイプの女なので、観察意欲はたぶん人より頭抜けてしまっている。だから気づく。

そして、……そう、盗聴器だ。

「その、……遠慮なくおっしゃっていただければと」

やっぱり、あれに気づいたのだろうか。そして彼は優しいから、どう言ったものかと伝えあぐねている。そういうことじゃないだろうか。

仕掛けた当日に公園へ行って以来、一度も聴いてはいない。

でもだからといって、当然許されることではない。

どうしよう、どうしようじゃない、してはいけないことをしている、だから、つまり、わたしは――

「……いやあ、すごいですね。お見通しだ、お恥ずかしい」

「そ、……そんなことは」

「あの、雷原さん。………えーっと、……大変言いにくいんですけど、……俺について、なにか聞きたいことってありますか……？」

「…………………え？」

え？

「いや、すみません。こんな自意識過剰なわけのわからないことを……。そのですね――」

地藤さんは、叔父さんである店長さんから、「雷原さんに自分自身のことをもうすこし話したらどうだ」と助言されたこと。話そうと思ったが、話すべき自分のことがなにも浮かばなかったことを、恥ずかしそうに説明してくれた。

…………盗聴器の、ことではなかった。

「いや〜、なにを話したらいいものか。考えれば考えるほどわからなくなって。なのでぜひ、雷原さんの方から聞いていただくというのはできないかなと」

体の力がドッと抜けたこちらの前、恥ずかしそうに話を続ける地藤さん。そしてわたしは、

「……いや、説明すればするほど恥ずかしいですね。自意識過剰だし、優柔不断だし。……いかがですか？　なんでも答えま」

「なんでも!?」

その言葉に超反応。この浅ましさ、ご覧ください俗物です。

「えっ、あ、はい」

「す、すみません急に……」

なんでも。

なんでも！

なんでも……。

脳の中をすごい勢いで思考が駆け抜けていく。その内何割かは人に絶対言えない煩悩塗《まみ》

れのピンク色で、さすがにブンブン頭を振って追い出した。

落ち着け。……落ち着け。

そもそもわたしは――もう諦めたのだ。

諦めたというか、わたしのような碌《ろく》でもない女は、地藤さんのいちばん隣にいるべきではない。だから、この気持ちは封じてしまうと決めた。

「はは、どんなことでも答えるつもりなので、もしなにかあれば遠慮なく」

決めたのに、決めたはず！

わたしの中に、まるでふたりのわたしがいるようだった。どちらも紛れもなくわたしなのだけど、その片方が騒がしく……。

好みの女性はどんなタイプですか！

……って聞くのははしたないかな～！　ストレートすぎる？　そんなのもう告白してるも同然じゃない？　そうでもない？

軽い感じで「じゃあ……、ふふ、地藤さんの好みのタイプが知りたいです。そういう話、全然されないから気になって」とか！

あ、いいんじゃないっ？　これはいい気がする！　よし、言うぞ――という風に、油断すると、浅ましく罪深い方のわたしに意識が持っていかれてしまう。

言うぞじゃないよ、言うぞじゃ。

「……あはは、やっぱりありませんよね、俺に聞きたいこととか」

違う違う違う違う違う違う違うんです！

変に黙っているから勘違いをさせてる！　そんな顔させたくないのに！

「違います！　ちょっとその！　こちら側の人格に不具合がありまして！」

「じ、人格に不具合とは……？」

「……進路！」

高速で動いたわたしの頭が導き出したのは、そんな単語だった。

「進路！　地藤さんは、高校卒業後はどうされるつもりなのかなって！　ずっと聞きたかったです！」

「は、はい、なるほど」

わたしの謎の圧に押されながらも、地藤さんは頷《うなず》いてくれた。

穏当でいて、かつとても興味深く、そして高校生らしい話題。我ながら、土壇場でまずまずのものを捻《ひね》り出《だ》せたと思う。

もちろん、進路のことをずっと聞きたかったのはほんとうだ。そんな話、地藤さんとはまだしたことがない。

「ちなみにわたしは大学進学を。第一志望をどこにしようかは、まだちょっと決めかねているんですが」

「そうなんですね。いろいろ選択肢ありますもんね、大学となると」

「はい。地藤さんは……」

「俺は就職です」

「……就職？」

進学就職どちらにも貴賤《きせん》はないし、それ自体に思うことは何もないのだが、ただ……、

「地藤さんの学校って、進学校、ですよね？　あまりそういう進路の人っていないイメージでした」

「はは、前代未聞とは言わないけれど、十何年ぶりだとは。実は先生たちにもずっと、考え直せとは言われてるんですが……まあ、早く就職してもっとお金を家に入れられるようになった方がいいだろうと思って」

「そうなんですね……」

……踏み込むのが躊躇《ためら》われる、それはお家の事情というやつで。

「それに、なにをしても才能がないので、大学に行く意味が出るほど伸び代ありませんし。だったら就職してせめてお金を稼いだ方が、まだマシな気もしています」

「……地藤さん、それ、たまにおっしゃられますよね」

「え？」

「なにをしても才能がない、って」

ちゃんとしなくちゃいけない、と同様に、時折彼の口から放たれる。

「地藤さんに聞きたいことっていうなら、それもずっと気になっていて。どうしてそう思うんですか？」

「…………どうして？　……ん」

虚をつかれたような顔をして一瞬固まった後、すこし顔を伏せて考え込む地藤さん。

「どうして、というか、……うーん、そうだから、というか……。実際ダメなところばかりですし」

「……進学校に通っていて、バイト先では頼られて、いっしょにしたから言えますが運動だってできるのに？」

「はは、勉強はなんとか必死こいてギリギリですよ。バイト先では単純に一番の古株だからですし、運動も大したことないんです。体、あまり強い方でもないですし」

苦笑しながら地藤さんは続ける。

「実生活では昔からなにをしてもダメで……はは、唯一自慢があるとすれば、出会いに運

「学校でもバイト先でも周囲のみんなが優しくて、俺に怒らないでいてくれるし、なんならおだてて褒めてくれるんですよ。幸運だなと、いつも思います」

「出会いに、運？」

「……………」

……なんか。

なんか、変じゃない？

地藤さんの言っていることは筋が通ってはいるが、その筋自体が歪《ゆが》んでいる気がしてならない。

妙に自分の価値を認めたがらない――いや、違う。

自分はダメなんだ、という結論が先にあって、すべての認識をそれに合わせて捻《ね》じ曲《ま》げているような違和感がある。

この人らしい謙遜といえばそうかもしれないが、……それは謙遜と呼ぶべきなのか？

「家では昔から母に迷惑を掛けてばかりですし。叔父さんにも面倒を掛け通しですね。バイト先の細々したことだと俺がうるさく言うこともありますが、でも、昔からいろいろ気を遣ってもらってきたんです。トータルで見ればもらってばかりで」

「……そう、なんですね」

「はい。…………あ、……叔父さんで思い出した。いや、でも今の話とは全然関係ないな」

「店長さんがどうかされたんですか？」

「映画の話になったときになぜか、『雷原さんに俺のいちばん好きな映画を伝えておいてくれ』って。理由はまったくわからないんですが」

「……え、ええと？」

「はは、たぶんあの人一流の冗談です。たまに変なことを言う人で……変と言えば、挙げたタイトル意外だったな」

そう言われると、わたしもちょっと映画好きな方なので気になる。

「なんなんですか？　そのタイトルって」

「ああ、隠れた名作とかじゃないんです。むしろ超有名なやつで、『エイリアン VS. プレデター』です」

「ああ～、有名作」

化け物には化け物をぶつけるんだ！　という明確なスタンスがタイトルから一発で伝わってくる、怪物同士の対決もの、その走りとなった作品という印象だ。

「叔父さん、ああいう派手な大作を好むタイプじゃないと思ってたんですが、俺が勝手にそう思ってただけかも。わからないものですね、……うーん、叔父さんの歴代の彼女たちは知っていたんだろうか」

「あはは、誰から見るかによって、その人の印象って結構変わりますよね」

自分の言葉で、ふと思いつく。

……そうだ、地藤さんのことについてもそうなのでは。今日聞いているのは、彼自身から見た彼の話。

別の人から見た地藤さんの話を聞きたいと思った。

だって、どうしても、地藤さんの語る自画像は歪んでいるように思えて。

そしてその歪みの中に、なにか絶対に見過ごしてはならないものがあるような気がして。

……さて、誰に聞くべきだろう。

◇◆◇

「あれ、草壁《くさかべ》さんも帰るの？　今日サッカー部は？」

「アタシだけ休みー……。昨日ふくらはぎちょっと痛めてさ、今日は参加禁止って」

放課後の昇降口。アタシの返答に、クラスメイトの地藤くんはその大人びた顔を曇らせた。

「え……大丈夫？」

「あ、全然全然！　大したことないの、オーバートレーニング気味で疲労溜《た》まったのが原因でさあ。いい加減お前ちょっと休め！　って怒られちゃった感じ」

「そうなんだ、それならよかった」

今度はホッと安堵の息を吐く地藤くん。普通にめちゃくちゃいいやつである。

「地藤くんは今日もバイト～？」

「そ。お金を稼いできます」

「えらいですな～」

そんな会話を交わしながらいっしょにちょっと歩き、校門で別れる。徒歩圏内に住んでいるらしい地藤くんと、駅まで行くアタシとでは、帰り道は綺麗《きれい》に別方向だ。

……うちの学校は進学校ながら文武両道を掲げるタイプで、強豪の部活も多く、アタシのようにスポーツに入れ込む生徒は珍しくない。

一方で、それでもやっぱり進学校なので、地藤くんほどまでにバイトに放課後を捧《ささ》げる人は、他に知らなかった。

進学もしないみたいだし、いろいろあるんだろうなあ……なんてツラツラ考えながら帰

り道を行くアタシは、

「草壁さん、ひさしぶり」

その声と姿に心臓が止まりそうになった。「ヒュッ」と変な音が喉から口にかけてのどこかで鳴った。

いつの間にいたのか、目の前に立っていたその人は、

「ら………雷原、さん？」

「うん。ごめんね、突然声かけて。驚かせちゃったね」

雷原甘音。中学時代の同級生で、一時期、部活のマネージャーをしてくれた女の子。記憶にある姿よりその体は女らしい起伏に満ち、顔立ちはあの頃からの可愛《かわい》らしさの上に美しさが足されているけれど、間違いない、雷原さんだ。

とてもお世話になった恩人で、アタシが勝手にトラウマを感じている相手。

「いや、全然………ぐ、偶然だね。あれ、家こっちだっけ？」

「ううん。あ、偶然でもないの。……会いに来たんだ、草壁さんに。電車通学のはずだと思って、駅までの道の途中で待ってれば会えるかなって」

会いに来た？　……なんで？

だって、卒業して以来、連絡を取ったことなんて一度もない。……そもそも部活を追い出すような形になってしまって以降、あまり喋《しゃべ》らなくもなった。

なんで、今更……。

「…………………あ！」

「……？　草壁さん？」

理由、あるじゃん！　そうだ、雷原さんのことをつい最近、アタシは話したじゃないか。

「ち、地藤くんに」

タンッ！　と一歩。

アタシがその名前を口にした途端、雷原さんはこちらとの距離を詰めた。夕方に差し掛かった赤い世界で、背後の夕日が作る黒い影の中、雷原さんはその大きな瞳でじいっとこちらを見つめる。

底なし沼のように、妖しく深く暗い瞳で。

「仲、良いの？」

「え、や、え、……ク、クラスメイトだから」

「クラスメイト、そうなんだね。……でもよかった、草壁さんにお願いしに来て正解だったね」

「……どういうこと？」

お願い？　お願いって言った？　雷原さんが？　……そんなの記憶にない。

「実はわたし、地藤さんにお世話になっていて。それでね、……あの人のことを、……その、もうちょっとよく知りたいなって」

恥じらう表情でそう言う雷原さん。とても顔面偏差値の高い彼女がそうする姿は、間違いなく可愛らしいはずなのだけど、なぜかそう単純には思えない。

「それで、草壁さんが地藤さんの通ってる高校に進学してたこと思い出したの。ほら、うちの学校ってほとんどエレベーターで内部進学するから、珍しくて記憶に残ってて」

「あ、ああ…………え？　お、……怒りに来たんじゃない、の？」

「怒りに？　どうして？」

「だ、だって、アタシ、中学時代の部活でのこと、勝手に、地藤くんに話しちゃって……」

「……………………そうなの？」

あれ、墓穴⁉　嘘《うそ》、墓穴掘った⁉

ていうか、そっか、地藤くんって誰それがこんなことを話してた、なんて言いふらすような人じゃないじゃん！

「……そっか、地藤さん、……知ってたんだ」

「ご、ごめ、ごめん……アタシ……！」

「ううん、いいの。隠すようなことじゃないし、……むしろ、伝えておいてくれてよかったのかも」

……怒ってない？

いや、そもそも雷原さんが怒ったところなんて一度も見たことはないんだけど……。

アタシがこの人を恐ろしく思うのは、怒ると怖いからとかじゃない。優しいからだ、グズグズに溶かされるほどに。

「で、でも、……勝手に話してほんとにごめん……」

「いいの、気にしないで。……でもね、こっちこそごめんね。また『勝手に話す』をしてもらいたくて……」

「あ……」

「お願いできない？」

こ、…………断れ、なくない？

「地藤くんとは一年のころと三年のいま同じクラスで、クラスメイトとしてのことぐらいなら知ってるけど……」

「聞きたい、教えて。草壁さんから見た地藤さんのこと、聞きたいの」

近くの公園のベンチに移動し、隣り合わせで座りながら、雷原さんは静かな声で言う。

「あと、できたらでいいんだけど、覚えてる限り話したことぜんぶ。……教えてくれない？」

できるか。こっわぁ……。

「ご、ごめん、そんな記憶力良くないから……ていうか、雷原さん、……地藤くんのことが好きってことでいいんだよね？　一応そこだけ……」

「その…………うん」

いや、そこは普通に可愛いんかい……。可愛いっていうか、すごいな色気……。

「……草壁さんは？」

「え？　いやいやいや、アタシは違うから安心して！　シンプルに友だち！　めっちゃ良いやつな良い友だち」

「そっか……よかった」

胸を撫《な》で下《お》ろす雷原さん。

こっちもこんな美人と男取り合うことにならなくてよかったよ、ほんと。

ていうか、……今の雷原さんを見てつくづく感じるのだが、勝てる勝てないとかじゃなくて、この人を敵に回すのは絶対に良くない気がする。

「で、その地藤くんだけど……さっきも言ったけど良いやつだよね。優しくて気遣い上手で、本気で怒ったところとか見たことないかも」

「うんうん、そうだよね」

嬉《うれ》しそうだ。

「バイトやってるからかな？　イベントごとでも率先してテキパキ動いて頼りになるし。ちょっと大人っぽいよね、やっぱり。……うん、陽キャとかじゃなくて、周りより大人な人って感じ。同じ高校生とは思えないんだよなあ」

「……そっか。勉強とかって……？」

「成績良いよ。順位、結構上の方なはず。授業中も真面目だし」

「運動は？」

「えー、部活はやってないけど、体育祭とか動き良かった気がするんだよなあ。サッカーやらんかな……」

「…………」

「運動とか勉強に限らず、いろいろそつなくこなすよね。ちょっとだけ大げさに言えば、なんでもできる人、みたいな」

「そっか……」

雷原さんはアタシの答えにジッとなにかを考えているようだった。意外だったのだろうか？

「他は……女子人気も順当に。まあモテるよねそりゃ普通に。気遣い上手で頼れる大人っぽい男子がモテない理由って逆にないし」

「……それは、そう、だよ、ね」

めちゃくちゃ複雑そうな声……。

「でも彼女はいないし、たぶん作ってもいないし、あとね、うちの学校ではだけど、誰も告白はしてないと思う」

「え？　ど、どうして？」

「地藤くんってとにかく放課後すぐバイト行くのよ。うちの学校であそこまでしてる人って珍しくてさ、なんとなーく、なんか事情あるんだろうなってのも察するじゃん。そうなると、恋愛なんて優先しなそうだなっての、やっぱなんとなーく思っちゃう」

「あー……」

「なにより距離が詰めらんないしね。いろんな女子が地藤くんと仲良い男子に『地藤くんも呼んでいっしょに遊びに行こうよ』ってお誘いかけたけどさ、誰も成功してないんじゃないかな」

鉄壁なのだ、そういう意味では。

アタシが思うに、同級生で地藤くん狙いの子たちはたぶん、もうどうせ受験控えて忙しいからいまは勉強に集中して、卒業式の日に玉砕覚悟で勝負しようとか考えてる気がする。

だから、実は学校ではちょっとしたニュースだったのだ、休日に女の子と遊ぶ地藤くんが目撃されたというのは。……正直言うと、それをアタシに教えてくれた友だちには、詳しい話を聞いてきてくれと頼み込まれたわけで。

逆に、雷原さんは地藤くんと遊びに行ったりしてるって話だけど、どうやってそこまで持っていったの？　それが驚きだ。

……藪蛇《やぶへび》になりそうで怖いから聞けないけど。

「……告白は、されてない。そっか……」

またしてもジッと黙って考え込んだ雷原さんは、やがてアタシに問うてきた。

「地藤さんは自覚してると思う？　自分が女子に人気あること」

「………んんんん、ど～だろ？　……あんまりわかってないようなイメージあるかも。……これは女子のアレなやつなんだけど、『地藤くんはきっといろいろ忙しいから、自分勝手に直接絡みに行って迷惑かけないようにしようね！』みたいなのもあんのよ」

「……あー」

雷原さんもすぐに察してくれたようだけど、もちろんそんなのは建前だ。

実際は、『いま無理にアプローチかけたり告白したりしてもダメっぽいので現状維持で行きたいけど、その間に万が一自分以外の向こう見ずが突撃して成功したら最悪』——という、共通の危機感から形作られた停戦協定だ。

言うまでもなく女社会においては、こういうみんなの間でなんとなく出来上がった暗黙のルールほど破るのが怖いものはない。

「……アタシも睨《にら》まれたことあるし」

「そうなの？」

「つい最近だよ！　地藤くんが熱ある感じだったから、手をおでこに当ててちょっと測ったんだけど、したら『アレどうなの？』みたいな！　アタシよく熱出す弟いるから、そのノリでついやっちゃって」

「……ふぅん」

あ、ヤベ、この人もこの人でアレだった……。

「ま、まあそんな感じで今や不可侵条約あるくらいだから、本人からするとモテてる自覚ないんじゃない？　そもそも自己評価低そうだし」

「自己評価低い……草壁さんもそう思うんだ」

「うん。褒められてもお世辞だと思ってそうな感じ」

あれ、なんでなんだろ？

「……そっか、ありがとう」

「ううん。アタシから見た地藤くんの話って、でもこれくらいだよ。他に知ってることなんて………う～～～ん」

雷原さんには昔お世話になった恩と、それを仇《あだ》で返すかのように部活を追い出してしまった負い目がある。

だからどうにか力になりたくて、アタシはグルグル頭の中で「地藤くん、地藤くん」と検索ワードを回しまくる。

そして出てきたのは。

「あ、強いて言うなら……妙に怪我《けが》多いかも」

「………怪我？」

「うん。本人曰《いわ》くドジってばっか、らしいんだけど。……でも学校じゃ地藤くんが転んだりどこかにぶつけたりしてるとこなんて見たことないんだよなあ」

「…………」

「アタシの知ってる限り、二回くらい骨も折ってたはず。どっちもやっぱり学校じゃなくて家で、らしい。一年生のころに、肋骨《ろっこつ》だったかな？　しばらく体育休んでた。あと、二年生の終わりあたりに左手か右手か……右手だっけな」

そのころクラスは違ったけど、廊下で会ったときギプスをしていてびっくりしたのだ。

「怪我、……怪我。……………………………………怪我？」

「うん。……雷原さん？」

「まさか……………、いや」

「らいは…………っ」

アタシは思わず息を呑《の》む。本日二度目、ヒュッという音が喉まわりから漏れる。

「――そうだと、したら」

静かにつぶやくこの人が、アタシは中学時代のあの夏から、ずっと怖い。

それは前に地藤くんに言った通り、どこか自分たちとは別な種類の生き物のように感じてならないから。

だってあの天井知らずの包容力は、知れば知るほど信じられないくらいに柔らかくて温かくて、そして正体が摑《つか》めない。

彼女はそもそもアタシたちとは全然別の生き物で、それゆえ心の奥にある行動原理とか思考回路とか、あるいは倫理観とかもアタシたちとは実はまったく異なる仕組みで、だからあんなにわけがわからないんじゃないのか。

ありえないとわかっていても、そんな空想がしっくりきてしまう。

「……そうだと、したら」

もう一度、同じ言葉をつぶやく雷原さん。

優しさから感じていた異質さを、アタシはいま、その声音の冷たさに覚えている。

怒ったところを見たことないけれど、そんなところが想像できないくらい異様に優しい人だけど、だからこそ……、

「ら、雷原さん？」

「…………」

そうなったとき、彼女がなにをするのかわからなかった。

5章 本物

「雷原《らいはら》さん、今日も課題ですか？」

「はい…………地藤《ちふじ》さん、それ」

「え、ああ」

地藤さんは、なんでもないような調子で穏やかに笑う。

「ちょっとものもらいで、腫れちゃいまして」

「い、痛みとかは……」

「はは、全然。だいじょうぶです。すみません、こんな姿で接客させていただくのはどうかとも思うんですが……。……ご注文、いつもと同じアイスコーヒーですか？」

「あ、はい……」

「かしこまりました、少々お待ちください」

眼帯。

去っていった彼の片目を覆う白いそれが、喫茶店の席に座るわたしの頭の中に、くっきり焼き付いていた。

「先輩はそれ治るまで配膳禁止ですよ！　遠近感ないんだから落とすかも！」
「わかってる。……悪いな」
「えっへっへ、あとでコーヒー淹《い》れてくださいね～」

そんな会話が聞こえるが、嫉妬よりも心配が勝っている。

……ものもらい。

ほんとうに？

元から、疑問を感じていることはあった。
看病をされてこぼしていた涙、「ちゃんとしていなければならない」の口癖、なにより「生まれてきてもよかったんだって思えるかも」という、生まれてきてはいけなかったと思っていなければ出てこない言葉。

また、昨日の草壁《くさかべ》さんに聞いた話からも裏付けが取れたけれど、事実に比べて妙に自己評価が低いこと。

そんなところに、『不注意で怪我が多い』だ。実際、彼の体に痣《あざ》らしきものがあったのをわたしはボルダリングのときに見ている。

わたしの前でも草壁さん曰く学校でも、そそっかしいタイプではまったくないのに。

……そうやって疑ってかかると、他にもひとつ、気になることがある。映画館で体調を崩した件だ。

シートの振動で酔ったと言っていたけれど——あれはもしかして。

「……どう、だろう」

……どれもこれも、決定的な証拠というわけではない。考えすぎだと言われれば、それもそうかもしれない。

「お待たせしました、アイスコーヒーです。ごゆっくりどうぞ」

「ありがとうございます」

コーヒーを持ってきてくれたのは、地藤さんと仲の良い女の子だ。……この子に話している可能性は………さすがに薄い、だろうか。そこまで親しくはないでほしいという自分の願望が入っていないとは言い切れないけども。

聞くべきは、やっぱり……、

「…………」

チラリとわたしは、店の奥に視線を向ける。

そこにいるのは、店長――彼の叔父さんだ。

出てきた。

すっかり陽《ひ》の落ちた時刻、お店の扉から姿を現す店長さん。わたしはそれを、周りに不審に思われないよう潜んだ物陰から見ている。

お店の中の明かりがすべて消灯済みなのを見ても、帰るところで間違いないだろう。

ちなみにストーキング時代から知っていることだが、地藤さんは営業時間終了からすこし後くらいまではお店でまだ仕事をしていくものの、店長さんよりは早く帰る。なので、今日もすでにいない。

つまり、店長さんがひとりになるタイミングをわたしは待っていたのだ。地藤さんについての話を聞くために――

「……景《けい》か？　ああ、今からちょっとそっち行く」

と、そのつもりだったのだけど。

どこかに電話を掛けたらしい店長さんの口から、地藤さんの名前が聞こえた。どうやら、地藤さんの家へ行くらしい。

「…………」

ここでわたしが下した判断は、あまり論理的なものではなかった。

店長さんへ話しかけるより、わたしは自分の家へと引き返すことを選んだ。店長さんの表情と口調と雰囲気から得た直感が、そうさせた。

自分の足が強靭《きょうじん》なことに感謝をするほど早く家にたどり着き、すぐに自分の部屋へと飛び込む。ちなみに母はまだ帰ってきていないようだった。仕事でたびたび深夜帰宅になる。

棚の中から引っ張り出したのは、盗聴器の受信機。

それを抱えてまた家を出て、向かうのは地藤さんの家の方角だ。自転車に乗って急ぎ、夜の街を全速力で駆け抜けて……、やってきたのは彼の家のすぐ近くにある公園。

以前に盗聴を行った場所だ。今回も、ここで受信機を起動する。

繋《つな》がったイヤホンを耳に挿すと、その声たちは、いくらかのノイズとともにすぐに聞こえてきた。

『景、……正直に言え。その眼はどうした』
『……ものもらいだよ、腫れただけ』
『なら眼帯取って見せてみろ』

店長さんと、そして地藤さんだ。そして、ああ、やっぱり眼帯の話をしていて。

『心配しすぎだよ、叔父さん。なんてことないんだ、ほんとうだよ』
『景！』
『……なんでもないんだ、なんでもないから』

地藤さんの声は変に凪《な》いだ、制御された平坦《へいたん》さを纏《まと》っていた。対して、店長さんの声は隠しきれない震えを宿している。

『…………景、お前が、……お前がそうやってかばいたくなる気持ちはわかる。なぜならお前はそういうやつだからだ。俺の兄貴に、父親に似て。……俺がなにを許せないって、――それに付け込んでいつまでもメンヘラやってるあの女だ！』

『叔父さん……』

『いい加減にしろ！　良い歳《とし》こいていつまでも理解のある彼くん探すのは、別に勝手にすりゃいい！　だが、それでうまくいかなくて苛立《いらだ》ってめそめそヘラって実の息子にヒスり散らかすあの幼児性は、もう救いようがねえ！』

『……良い息子を、……良い家族を、できてないんだ、俺が』

『んなわけあるか……！　お前が何個痣を作って、何回骨まで折られてる！　おかしいのはあの女の方だ、全部！』

――予想は、していたけれど。

『……ちがうよ、怪我《けが》は、俺が自分で』

『景ッ！　……クソ、何度目だこんな話……！　……そりゃ、……お前がそれを認めたら、どうであれあの女はしかるべきところからしかるべき沙汰を受ける。だが、そりゃ当然の報いだ！　それだけのことをやってんだろあいつは！』

そうかもしれないと思ってはいたけれど、真実、そうでなければいいと心底願っていた。わたしの思い過ごしであれば、考えすぎであれば、どんなにかいいだろうと。

『……母さんは』

『聞け、お前さえ認めればいいんだ。それであの女のやってることが明るみに出れば、親権は俺が取れる。そんでお前はもう、あの女と関わらずに生きるんだ』

『……叔父さん、母さんは、父さんがいなくなったことに耐えられないんだ。昔からずっとそうなんだ。……そして父さんなら、泣いてる母さんをひとりにしない』

『そういう女が好きでいっしょになった兄貴は、そりゃ好きにすりゃいい。だが、お前は違う。あの女に殴られてやる義務が、それを許してやる責任が、子どものお前のどこにある』

今、聞こえてくる会話には、勘違いの余地さえわずかもない。

『責任の、話をするなら、……母さんこそ責任を感じてる。俺になんの才能もないから、俺がなにやってもちゃんとできないから、それに責任を感じて……。だから、気持ちに余裕がなくなってるんだ』

『違う！　あの手のやつがヒスるとき、そうやって口にする理由に本音なんてない。ただイライラして、ただ誰かに八つ当たりしたくて、だから目についたもんからその口実を見つけ出してるだけなんだ』

言葉を尽くして諭そうとする店長さんの声には強い気持ちと深い諦念が篭《こも》っていて、……長い年月の間、問題が繰り返されてきたことを示しているかのようだった。

『理由ありきで怒ってない、気分ありきで暴れてるだけだ。あの女がこの家に帰ってくるのは、それが思う存分できる場所だからだ』

『…………』

『お前だってほんとうは、それをわかってるんだろ、景。……あの女の自分本位に、被害者意識に、お姫様願望に、もう付き合うな……！』

……しかし、結局。

盗聴器越しのわたしの耳に、地藤さんの口から発された、店長さんの求める答えが聞こえてくることはなかった。


カラカラ、と小さく音を立て。

わたしは自転車を押して、夜道を歩く。

夜空には美しく星々が瞬き、しかしその輝きはわたしたちの足元を照らし切るには力不足だ。人の道にはいつだって、その底に闇が張り付く。

「…………」

ぼうっと、している。頭の中を整理しているからか、それとも、心が向かう先を定められずにいるからか、どちらかは自分でもわからない。

……わたしは。

わたしは——

「……ん」

ブーブー、と自転車のカゴの中から音。そこに置いてあるスマホが震えている。

着信だ、画面には花音《かのん》の文字。双子の、下の妹。

「……もしもし？」

『もしもしお姉ちゃん？　今平気？　なにしてんの？』

「ちょっと、お散歩してる」

『ええ？　こっちが朝だから日本って夜じゃない？　気をつけなよ？』

「うん、ありがとう。それで、どうしたの？」

『あのさー、……実はさあ』

スポーツ留学で詩音《しのん》とともにカナダにいる花音は、学校で男子に告白されたことを話し始めた。日本にいたときからモテる子だったけれど、異国の地でもその人気は健在のようだ。

『今まで彼氏って結局作ってこなかったけど、そういう経験がスケートの表現に活《い》きるタイプの選手もいるって話聞いて……。だったらアリなのかなあとか思ってるんだけど、……留学しといて彼氏作ってー、なんて浮かれすぎかなぁとかさ……』

「あら……」

『スケートのクラス、ノービスからジュニアになったじゃん。いよいよ気ぃ引き締めなきゃいけない時期でさ、そんなのってどうなのかなあって』

花音も詩音も選手として、家族の贔屓目《ひいきめ》なしにものすごく有望だ。表彰台は常連で、周囲の方々からの期待も大きい。

『なーんて悩んでたら「そんな顔してるやつに次の大会は負けない」って詩音に煽《あお》られるし！　別にこっちはあんたに勝ちたくて滑ってるわけじゃないっての！』

「あはは、詩音にとっていちばんのライバルは花音だからね」

上の妹である詩音は極度の負けず嫌いで、いちばん身近かつ同世代最強の相手である花音のことを、日頃の練習から強く意識している。

そんな勝負師の詩音に対して、花音は芸術家である。

『そりゃわかってるけど、わたしはわたしが納得する滑りをしたいだけだし』

この子にとって氷の上は他者と競り合う戦場ではなく、作品を創る工房なのだ。

『どうしたらいいかなあ、お姉ちゃん』

「……お姉ちゃんは、フィギュアスケートのことは花音や周りの方々みたいに詳しくはないけど」

だから、競技者として正しいアドバイスはできないけど。

「でも、家族のことは結構知ってるよ。花音は、誰かに勝つとか誰かの期待に応えるとかの、自分以外の人たちのことを考えて動くときより、自分自身だけを見つめて目掛けて潜っていくときがいちばんいい顔してる」

『………そう、かな』

「そうだよ。だから、誰かにどう言われるとかじゃなくて、花音がほんとうに〝雷原花音の正解はこれ〟って思ったことが、正解になるよ。それをとびきりの正解にできる力が、花音にはあるから」

『………そっ、か』

「うん、そう」

わたしの言葉がどれくらい力になってくれるかはわからないけれど、花音は「ありがとう、お姉ちゃん」と言った。

それからしばらく、なんでもない話をする。家でのこと、学校でのこと、食べた美味《おい》しいもののこと。

だから、

『……お姉ちゃん、なんか元気ない？』

「え？」

花音が突然そう言ってきたとき、思わず抜けた反応をしてしまった。

『お姉ちゃんがわたしのこと結構詳しいって言うなら、わたしだってそうだよ。……なんか今日のお姉ちゃん、声の感じがちょっと変』

「……………そう？」

『そう。なにかあった？　……ん、ん、わかった、あれじゃない？　地藤さんのこと』

「…………」

さすがの鋭さに舌を巻く。

『え、……もしかして、その、……ダメだった、とか……？』

おそるおそる聞いてきてくれる花音に、わたしは答える。

「ダメ、っていうか……それ以前、っていうか」

『それ以前？』

「……躊躇《ためら》って、る、かな」

自分の気持ちにいちばん当てはまりそうな言葉を、挙げてみる。

「踏み込むのを。だって、……わたし、まともじゃないから」

彼の状況を知って、やりたいことがある。やってしまいたいことがある。

だけど、それをやるのがわたしでいいのか。こんな女がそうしたところで、地藤さんのためになるだろうか。

それこそ、彼が過ごしてきた日々を考えれば、

「あの人の隣にいるべきなのは、まともな人じゃないかって」

そう思えてならない。

わたしの言葉に、花音は答える。

『……まともじゃない、まともじゃないかあ。状況よく知らないからイマイチわかんないけど……』

「ちょっと詳しいことは言えなくて」

『えー、そうなんだ。……うーん。……でも、まともじゃない、ね。…………あのさ、お姉ちゃん。うちってパパとママ、仕事めちゃくちゃ忙しかったじゃん？』

突然な話の切り替えだが、わたしは「うん」と頷《うなず》く。

母は今もそうだし、父は現在は仕事より妹たちふたりのことを優先していっしょにカナダに行っているが、それまでは母ともども大忙しの日々だった。

『だから、お姉ちゃんがご飯作るのも掃除するのも洗濯するのもなにもかも家事全部やってくれてた。その上、わたしと詩音のこともずっと支えてくれた。クラブへ送り迎えしてくれて、家に帰ればマッサージしてくれて、何かっていうと相談にも乗ってくれて』

だからさあ、と接ぎ穂を当てて、花音は言う。

『お姉ちゃんに、ずっと申し訳なかったの』

「花音……」

『だってそうじゃん、365日24時間、家族のためにずっと働いてたんだよお姉ちゃんって。申し訳なかったし、……いつかお姉ちゃんが倒れちゃったりしたらどうしようって。わたしたちのせいでそうなっちゃったら、って』

「……で、でも、詩音と花音は」

『今じゃね、ちゃんとわかってるよお姉ちゃんのこと。わかってなかった時期があるって話。……きっかけは、わたしと詩音ふたりで最初に強化合宿に行ったことだったな。三日間みっちりスケートやって帰ってきたらさ……』

「あー……」

『シオッシオになってるんだもん、お姉ちゃん。え、なんで!?　って感じだよこっちからしたら。わたしたちのお世話から離れてリフレッシュしたかなって思ったのに』

覚えてる。ふたりのお世話ができなくて、一日経《た》つごとにどんどん体に力が入らなくなっていった。

『合宿あるたびにそんな風になるもんだから、詩音とふたりで理解したよね、「お姉ちゃんってそういう生態してるんだ……」って』

「……そのあたりくらいから、詩音も花音もわたしに、家でいちばんのクセ強とか言うようになったね……」

『うん、だってそうだし。だから、申し訳ないとか思ってもしょうがないのかなって』

それはその通りだ。

わたしは真実、人のお世話が楽しい。大変さはものすごくあったけど、あの日々が辛《つら》かったことなど一度もない。

『わたしたちがいちばんよく知ってるけど、尋常じゃなかったよ、お姉ちゃんの日々の忙しさって。あれがただただ楽しいって、そうじゃなくなると元気もなくなるのって、普通では、絶対にないよ。だから、まともじゃないって言い方も間違ってないと思う』

「……うん」

こういうことをはっきり言ってくれるのが、花音のいいところだ。

「……花音、なんならそういうの意外にも、わたしのまともじゃなさってあるの。わたしも最近ようやく知ったんだけど」

『そうなの？』

「うん。……なんでこうなのかなって思う。まともな家庭で育ててもらったのに、どうしてわたし――」

『ん、ん、ん、待ってお姉ちゃん。まともな家庭で育ててもらったのに？』

「え、うん……」

『……そういう認識なんだ……。すごいね、やっぱ』

「……ど、どういうこと？」

問い返すわたしに、花音は告げる。

『逆なんだよ。まともな家庭で育ててもらったのにまともじゃない、じゃなくて、お姉ちゃんがまともじゃないから、うちはまともな家族でいられたの』

「……？」

ぜんぜんピンときていないこちらに、妹は「う～ん……マジか……」と唸《うな》った。

『考えてみてよ、パパとママ、仕事大好き人間じゃん？　お金に困ってひたすら働いてたんじゃなくて、とにかくやりたくてやりたくて仕事やってるじゃん』

「う、うん」

『で、わたしと詩音も、スケートに人生懸けてる。今でこそパパは一段落ついてちょっとお休みしてくれてるけど、少なくともわたしたちが日本にいたころは、パパもママもわたしも詩音も、自分のやりたいことに心の全部をつぎ込まなきゃ、気が済まなかった』

もし四人だけだったら、そんな家庭、保《も》つと思う？

花音は、静かにそう言った。

『日々の生活のことに手間かけられない、誰かのサポートできる余裕なんてない、……四人全員がそうだったんだよ？　空中分解するでしょ、そんなの。どっかで壊れてるよ。……でもそうはならなかった、それってどうして？』

「……それ、は」

『変な人がいたからだよ。小学生のころから家事やって育児やっての毎日送って、それで疲れ果てるどころかずっとイキイキしてるような、絶対にまともじゃない人がいたからだよ』

「……花音」

『雷原家が普段から和気藹々《わきあいあい》仲良くやってさ、休日にはたまにお出かけするくらいの時間の余裕も持てたりしたのは、お姉ちゃんのおかげだよ。うちのお姉ちゃんがまともじゃないから、うちはまともな家族でいられた』

「…………」

そう、なのだろうか。……わたしが、……わたしは。

「でも、良い人とかじゃないの。わたし……」

『良い人だなんて言ってないよ。お姉ちゃんはたいへん素晴らしい聖人です、的な話じゃないの、ぜんっぜん。すっごく優しいけど、だって別に正しい人じゃないし。お姉ちゃんの他人本位って、ある意味自分勝手でしょ』

「……うん」

『良くも悪くも欲望ベースだもんね、お姉ちゃんのお世話好きは。したいからやってるだけで』

観察眼に優れた妹の、さすがの寸評だ。返す言葉はない。

『お姉ちゃんが気にしてる、中学時代にマネージャーがんばりすぎて部活壊しかけたこととかさ、ダメさが出ちゃった例だよね。そういう面があるのも事実なんだと思う』

「だから、まともになりたくて……」

『そんなの無理だよ』

花音は、そうバッサリ斬った。

『甘えの練習をするって話聞いたときからぶっちゃけ思ってたけど、無理だって。たとえちょっと人に甘えられるようになったとしても、今度は別のところで歪《ゆが》みが出るよ』

「……っ」

怖いくらいに的を射続ける意見に思わず息を呑《の》む。実際、そうなった。

あの人に甘えることをすこしだけ覚えて、彼の優しさを知って、……惹《ひ》き寄せられた結果、その内側に埋まっていたものの上にまで踏み込むことになり、爆発にわたしは吹き飛ばされて、自分の知らなかった歪みに気づくことになった。

結局、トータルではまともになっていないのだ。

『まともな人になりたいだなんて無理だって。詩音とよく言うけど、お姉ちゃんはそもそも妖怪なんだから』

「…………ん、え？」

なんて？

「い、一応お姉ちゃん、花音たちと同じお母さんから産まれてるんだけど……」

『うん、たまたま人間から産まれただけでしょ』

「花音、あなた今すごいこと言ってると思うんだけど……」

『説明できないって、そうでもなきゃ。わたしと詩音の気持ちがわかる？　絶対お姉ちゃん大変だよ、いつか倒れちゃうよどうしようって心配してたのに、忙しければ忙しいほど元気になって、どれだけわがまま言ってもニコニコ優しいままで――すっごい怖かった』

「………え？」

『いや、わたしたちだって、インタビューで「いちばん感謝してる人は？」って聞かれて、いつも「お姉ちゃんです」って答えてるのは百パー本音だよ。裏があるなんて思ってない。

感謝してるし、大好き。……大好きだけど、ずっと優しいって怖いの！』

ニィィッて笑う顔も不気味だし！　と花音は続けた。最上級に嬉《うれ》しいときの笑顔が悍《おぞ》ましいと、妹たちから大評判のわたしである。

『でももう、「あ、そういう妖怪なのか！」って思うようにしたらすっごくしっくりきたの。たまたま人から産まれただけで、基本は妖怪なんだって』

「よ、妖怪……」

『だから、もうさ、お姉ちゃんもそういう風に思ったら？』

ずっと、まともな人にならなくちゃと焦っていた。

……妖怪だと思ってしまう、なんてさすがに考えもしなくて。

『化け物でも怪物でも怪異でも怪人でも、言葉はなんでもいいよ。お姉ちゃんだって言ってなかった？　わたしは生まれたときからこうなんだって。だったら、そういう生き物として生まれてるって自分でもわかってるんじゃん』

「…………」

それは、…………そうだ。

花音の言っていることに、――心の奥底ではまったく違和感がないことを、わたしは自覚していた。

だって、……言われてみると、すんなり納得してしまえる。

昔からの自分のこと。そして、地藤さんに恋をして知った、今の自分のこと。

「……妖怪、……そういう、生き物」

なんてしっくりくるんだろう。

地藤さんに出会う前のわたしが、その考え方を教えてもらっていたとしても、ここまでは惹かれなかったろうと思う。ここまでは響かず、ここまではピタリと嵌《は》まらなかったろう。

しかし、今のわたしにとっては……ひどく甘い。

「………でも」

だからこそ飛びつくのを躊躇《ためら》うわたしに、花音は言った。

『これはさ、そんな妖怪にずっと護《まも》ってもらってきた、ひとりの人間からのご提案ってことで』

「花音……」

『普通の人間には無理な、妖怪にしかできないことがあって、雷原家的にはそれが刺さったんだよ。地藤さんにはどうかわかんないけど』

「あ……」

『？　どうしたの？』

「……ううん、なんでも。……あはは」

思い出したことがある。店長さんの好きな映画の話。……あの人は、いつからどこまでお見通しだったのだろう。

……化け物にしかできないことがある。為《な》せない役割がある。

なら、そうであるならば。

「…………」

『お姉ちゃん？』

都合が良い考え方だって、そんなのはわかってる。だけど、だけど。

――バキン、バキンと音がする。

わたしの中で、わたし自身にグルグル巻いていた鎖がちぎれていく。

妖怪、化け物。だったら、もう。

わたしは、だったらもう。

『……ね、でも、あんまり変なことはしすぎないでよ？　昔からお姉ちゃん、やるとなったら思い切りが良すぎるから心配なんだよね。最近だといきなり髪染めたり、かと思ったらストーカーになったり。極端なんだよなあ』

「そうかもね、あはは」

しないよ、とは言わないわたし。ごめんね、花音。

『てか、お姉ちゃんとこうして恋バナするときが来るなんてね。一般的な恋バナかどうかはアレだけど。そうそう、知ってる？　パパとママがお姉ちゃんのこと心配してるの』

「そうなの？」

『うん、ダメ男に引っ掛かったらまずいって。あはははっ、もー、……ぜんっぜん的外れだよね』

「……うん」

さすがにわたしも、もはやわかっている。

『都合が良いというか、性質《たち》が悪いというか、お姉ちゃんのお世話欲って自堕落な人には反応しないもんね。お姉ちゃんは、がんばってる人をお世話したいんだから』

「……その理解は、一歩足りないかな」

『え、そうなの？』

「うん。わたしがしたいのは──」

続けた言葉に、花音はしばらく絶句した後、こう言った。

『……お姉ちゃんって、やっぱ本物だよ』


目を開けて視界に入った置き時計のデジタル表示は、午前五時半を示している。今日は土曜日で学校もなく、バイトには行くがこんなに朝早くは起きないのだけど。

……なにかが割れる音で目が覚めたのだ。

「……母さん、か？」

昨日の夜は帰ってきていなかった。ただ、こんな朝方に帰宅することもほとんどない。あまり良い予感はしなかった。最近の母さんは、この家に顔を出す頻度が多い。過去の経験でそれはつまり、……あまり恋人と順調にいっていない傾向なのだ。

この間帰ってきたときもすこし不安定で、俺は母さんが突然投げたスマホをうまく受け止められなかった。出かけるときには眼帯で隠す目の周りの鬱血が、その名残だ。

考えながら、廊下を通ってリビングキッチンへ。そこから物音がする。

「母さ――」

「ッ遅い！」

扉を開けた瞬間、飛んできたのは皿だった。鎖骨のあたりに当たって、嫌な音がした。

そしてその痛みよりも、母さんの怒号で俺の体からは嫌な汗が噴き出る。

「早く来いよ！　なんでいつまで経《た》っても来ないの⁉」

「ごめん、寝てて……」

「………じゃあミサのこと、どうでもいいってことじゃん」

俯《うつむ》いて、一転して暗い声で母さんは言う。その浮き沈みが激しさが、より不安を煽《あお》る。

「どうでもいいんでしょ、どうせミサのこと」

「そんなこと」

「あんたもどうでもいいんでしょ」

……恋人となにかあったらしいという俺の予想は、たぶん当たっているんだろう。

いつもより荒れているのは、きっとそのためだ。台所に立つ母さんの足元には、割れた皿があちらこちらにある。……ひどい暴れようだった。

「…………っ！　っ！　ぅぅぅぅぅぅ……！」

母さんは、ガシガシと自分の髪をかきむしる。

「あんたのせいじゃん……」

「っ……ええと」

「ミサが料理しないの……。あんたがご飯作るの自分がやりたいって言うからだったじゃん……」

……話題が飛び、その内容もすこし見通しが悪い。

ただ、キッチンには食材やフライパン、包丁が出ていたりといった、料理をしたような形跡がある。

なにか作ろうとしたのか？

……母さんはたしかに料理をしない。俺の記憶ではそもそも作るのがとても苦手で、ご飯どきになるたびに機嫌を悪くしていた。それゆえ、だったらこっちでできるようになった方がいいだろうと、もう何年も前に俺が担当になったのだ。

「あんたのせいじゃん、ぜんぶ。ミサじゃないじゃん」

……察するに、恋人と料理のことが原因で別れたのだろうか。たぶん、そうだと思う。

「ごめん、俺のせいだね、……ただ、母さん」

ちらりと床の方を見れば、足元の割れた皿が母さんの足を切りそうだ。とりあえず移動だけしてもらおうと一歩近づいて、

「ミサ悪くないッ！」

ゴンッ！　という衝撃が顔に弾《はじ》けた。一拍遅れて痛みがグワングワンとやってくる。

ぐにゃぐにゃになった視界の中、母さんはフライパンを手にしていた。うちのは古くて無骨で重くて、殴られればかなりの衝撃になる。

「…………っ、ぐっ、う」

入ったところもまずかったようだ。前に熱したそれで殴られたときは、ここまでグラグラしなかった。たぶん、今回は顎周りに当たったのだと思う。

立っていられず、おもわず壁により掛かる。

「母、さ」

「……あ、あ、……ミサが悪いって顔してる！　あー！　あー！　そうやってすぐ！」

「ちが…………っぐ！」

ドゴッ、とくぐもった音。俺の体の中から鳴った。

見れば、今度はフライパンは腹に。鳩尾《みぞおち》のいいところに入ってしまっている。

「うぇぇぇぇ……」

抑えきれなかったうめき声を漏らしながら、床にうずくまる。

ちらつき歪《ゆが》んだままの視界で仰ぎ見れば、まだ母さんはフライパンを手にしていた。

「あんた、ミサのせいにばっかするじゃん……！　またミサが結局かわいそうなんじゃん……！」

母さんは、こちらが言っていないことを想像して、そこから転がっていってしまうところがあった。

「お、れは……」

「……タッくんだったら、もっと優しかったのに。……タッくんは、料理できないとかミサに言わなかったのに……！」

「…………」

父さん……。

父さんは、なんでもできた人だった。

「なのに！　……なんであんたは何もしてくんないのぉ……」

母さんはポロポロと涙をこぼしだす。

「昔から、どん臭くて、ずっとなんの才能もなくて、ミサに迷惑かけてばっかかで……ミ、ミ、ミサばっかりかわいそうじゃん……！　タッくんいなくてミサばっか!!」

母さんはダンダン！　と床を足で叩《たた》く。足元に割れた皿がいくつもある中で、いつ足を傷付けてもおかしくない。

「か、かあ、さん、……そこで、あばれる、のは」

止めようとして、しかし顎に受けた衝撃が全然抜けないまま。

立ち上がれずフラッとバランスを崩し……。

俺は、母さんの服を掴《つか》んでしまった。

「っあ……」

「……え？　……あ、あぁぁぁぁ！　怒った！　ミサに怒った！　あー！　あぁぁぁぁぁぁぁぁぁ!!」

なにかの爆発音にも似た声量の叫びが、こちらの鼓膜と心をビリビリと震わせる。

「ひどいひどいひどいなんでっ、あ〜!!」

「ちが、母さ」

「ひどいひどいひどいムカつくなんでみんなミサにそうなの！　あぁぁぁぁ!!」

俺のちらつく視界が捉えたのは、母さんが——包丁を手にする姿だった。

……え。

待、った。

「母さんっ！　待った、それは……」

「ッ大きい声出さないでよ!!」

「聞いて！　それは、それはっ」

そうなったら、いくらなんでも、もう。

「母さんを、かばえなくなる……！」

さすがにもう隠せない。母さんが捕まってしまう。

必死で言った俺の言葉は、

「かばえ、なくなる？」

「……か、母さ」

「……ミサが悪いって言いたいんじゃん!!」

最悪の誘発を呼び込んでしまった。

手にした包丁が振りかぶられ、薄暗い室内の中でギラリと切っ先を輝かせるのが、ちらつく視界でも不思議とよく見える。歪んだままの視界でも。

そうか、なるほど、スローモーションになっているからか。

三半規管はグラついたままで、母さんの叫びで体全体も強張《こわば》っている。避《よ》けられるイメージはすこしもない。だけど脳だけは危険を感知して、処理速度を跳ね上げたのだ。

自分が今どんな瞬間にいるのか理解する。

……ああ。

ここにきて思う。思い知る。ごめん、母さん。

やっぱり俺は、良い息子じゃないんだ。きっと母さんの言う通りだよ。

だって、思ってる。

……そりゃないよって、思ってしまってる。

どんなときでも清く正しく一途に親を愛するのがまともな子どもなんだろうけど、土壇場に追い込まれた俺からはどうやら、化けの皮が剝《は》がれたみたいだ。

親を想《おも》う俺もちゃんといる。だけど同時、なんでだよとか、それは違うんじゃないかとか、そういうことを喚《わめ》く俺もいて。

後者が、パッとひとつのイメージを見せる。

それは差し出されたれんげであり、そこに乗ったお粥《かゆ》であり、対面で微笑《ほほえ》むひとりの女性だった。

あのとき泣いた理由を、ほんとうはどこかでわかっていた。

欲しかったのだ、ああいう温《ぬく》もりが人生の中に、もっと。願えるのなら、ずっと。

だけど、遅すぎる。

観念して、俺は衝撃を待つしかなく――

ガシャアアンと大きな音が鳴ったのは、そんなタイミングだった。

「っ!? ……なに？　え、え、……なに」

突然響いた甲高いそれと、なおも続くガシャンガシャンという音に、母さんは思わずといった様子でピタリと包丁を止める。

俺たちは揃《そろ》って音の方向、リビングの窓へと目を向けた。

閉まっているカーテンが、勝手に開く。まぶしくはないがその分優しい、朝方の光が室内に差し込んだ。

そして顕《あらわ》になったのは、大きく割れた窓ガラスと、そして。

「……え、……え？　な、なに、だれ？」

「ハァッ、……ハァッ、……ハァッ………間に、合った？」

ピンクと黒の色彩。可愛《かわい》らしいフリルにリボンと色香のあるレース。特徴的で印象的な、そんなファッション。

汗で濡《ぬ》れた顔は、それでもなお美しく、服に負けない魅力を放つ。

「らい、はら、さん……？」

影が、どうしてかくっきり見えた。カーテンを開けて光を差し込ませたのもその人なら、自らの体で作った影をこちらに伸ばすのもその人で。

この世のものとは思えない、不思議な雰囲気があった。

「っ地藤さん！」

手には、窓を割ったものだろう小ぶりのハンマー。

こちらに駆け寄る雷原さんは、どうでもいいとばかりにそれを放り投げる。床で弾んでドゴッと音が響き、母さんがビクリと震えた。

「な、なに？　なに？」

そのまま、何歩も後退《あとずさ》っていく母さん。

そしてハンマー同様、やはりそれに目もくれず、雷原さんはうずくまる俺のところへ来て、膝をついて目線を合わせた。

「地藤さ……っあ、……あ」

そして彼女は、俺の殴られた顔にすぐ気づく。

「……雷原さん、あの、これは」

「ごめんなさい、遅かった……、わたし、ごめんなさい………、すぐに病院に、いえ、救急車を」

「いや、俺は……ッ」

中途半端に動こうとして、今度は腹の方の痛みが響いて呼吸が止まる。肋骨《ろっこつ》あたりにヒビでも入っているかもしれない。

「っお腹《なか》にも……？　ああ、ごめんなさい……わたし、もっと早く……！」

瞳に涙を溜《た》め、声を震わせて言う雷原さん。

「いえ、そんな……ええと」

彼女が来てくれなければ、俺はたぶん今頃死んでいる。母さんは殺人者になってしまっている。

お礼を言おうとして、でもそれを話してしまっていいものか躊躇《ためら》い、そんな逡巡《しゅんじゅん》は今更なんじゃと思い直して……、なんて、俺の頭もだいぶパニックで。

そもそも。

「……あんた！　な、なんなのよ！」

母さんが叫ぶ。

「誰!?　なんでここにっ、ど、どうやって！」

そうだ、……どうして雷原さんがここに。

「……どうやってって、登ってきました」

「ここ五階よ!?」

「そうですね。だから登ってきました」

そんなことができるのか……？　いや、できたから雷原さんはここにいるし、雷原さんならできてもおかしくない気がする。

「な、な、……だ、誰なのよそもそも！」

「この人の元ストーカーです」

「……はあ!?」

「失礼。元、と言えるかどうかはかなり怪しいですが」

「い、意味わかんない！」

「ああ、それはお互い様ですね。わたしも、意味がわかりません」

あなたのこと、全然。

言いながら、スッと雷原さんは立ち上がる。

「……はあ!?　……ミサが悪いって言ってるの？　……ッ！」

「か、母さん！　やめてくれ！」

「ミサ悪くないッ！」

最悪だ。母さんはまだ手にしたままだった包丁をデタラメにブンブン振り回しながら、雷原さんに近づいていく。

止めないと、そう思って立ち上がろうとするも、視界はずっと揺れっぱなしでうまくいかない。でもそんなこと言ってられ――

「地藤さん、動いちゃダメですよっ、じっとしていてください……！」

「違う、雷原さん逃げっ」

「片付けますから」

「え？」

俺はそれからの光景を、たぶん一生忘れないだろう。

振り回される刃《やいば》をものともせず一歩踏み込んだ雷原さんは――スカート、ヒラリ翻し。

空気を唸《うな》らせるほどの豪快な蹴りを思いきり叩《たた》き込《こ》み、母さんを吹っ飛ばした。

「ッ⁉」

ほとんど水平移動。

蹴り飛ばされた母さんの体は、向こうの壁に背中から当たって止まった。

「……!?　ゴホッ、カッ、……ッ？　………？」

咳《せ》き込《こ》んだ母さんは、なにが起きたのかうまく理解できていない顔。

そして雷原さんはといえば、

「……さ、地藤さん、傷に障りますからっ。お願いだからゆっくり座って、……痛いでしょう、ああ……そんな怪我《けが》してるのに……」

すぐに俺の方へ振り向いて、こちらに声をかけてくる。

「……雷原、さん？」

「はい、なんですか？」

なんですか、って。

彼女の瞳は、百％だ。今、百％が俺に対する気遣いで埋まっている。

……包丁で襲われた、直後のはずだ。

なのに恐怖とか、戸惑いとか、あるいは怒りとか、そういうものがなにも見えない。いくら彼女が運動神経に優れているとはいえ、あんな荒事に巻き込まれたら普通は。

「け、怪我は……」

「怪我……？　……人の心配なんてしないでくださいこんなときに！　自分のことだけ考

えて、ね?」

その言葉、その声音、その態度、その表情。

……さすがに、あまりに、異様に、…………優しすぎないか?

裏があるだなんてわずかかも思えないけど、だからこそ。表裏じゃなくて、根元の形がこちらの常識と離れているように思えて。

「…………」

「地藤さん?」

危険だと、そう感じる。

「え、……あ、いえ、その、……あ、母さんがっ」

「地藤さん」

そっと、彼女は俺の手を取る。壊れ物を扱うような丁寧さのそれはしかし、一度そうされると、俺からは絶対に振《ほど》り解けないくらい不思議に固い。

まるで、牢《ろう》に閉じ込められたようだった。

「傷に、障りますから」

ゆっくりと、はっきりと、雷原さんは言った。真正面、至近距離、じいっとその底のない瞳が俺を見つめている。

「動かさなくていいんです、体を。動かさなくていいんです、心を。痛むでしょう、辛《つら》いでしょう、だから、もういいんです」

「……あの、おれは……」

「痛かったでしょう、辛かったでしょう。……ね？」

「っ……」

俺は、つくづく呑気《のんき》だ。閉じ込められるのが手だけで済むなんて、どうして思っていたんだろう。

「わたしにしませんか」

「え」

「そばにいるのなら、わたしにしませんか」

棘《とげ》がなく静かで穏やかな、しかしまとわりつく粘性と視界を塞ぐ色濃さを持つ声が、俺の周りをぐるりと取り囲む。

「らいはら、さ」

「好きです」

彼女はひとつ息継ぎをして、言葉を続ける。

「この好きは、〝ずっとそばにいたい〟の好きです。この好きは、〝女性として見てほしい〟の好きです。この好きは、〝誰にも渡したくない〟の好きです。……この、好きは」

がんばり屋さんのあなたに、わたしがいなくちゃがんばれない人になってほしい、の好きです。

そう告げる彼女の吐息の熱さには、人生で触れたことのないほどの甘さが混じっていた。

人を中毒にさせる、それは危険な香りで。

「いかがですか、わたしは。……ね、いけませんか、わたしじゃ。……ね？」

俺の全身に立っている鳥肌は、果たしてどういう種類のものだろう。

「お、……れは」

「い、……いたいぃぃぃ！　うううぅぅぅ！」

「……っかあさん」

「いたいぃぃ！　なんで！　なんでミサばっかりこうなのぉぉ！」

母さんの叫び声に、急激に狭まっていた意識のピントが元に戻った。同時、やはりその声で俺の体は強張《こわば》る。

「………」

そんな俺を見て、雷原さんは無言で立ち上がった。そのまま、壁際でうずくまる母さんの方へと歩いていく。

「ミサなんにも悪くないのにぃ！　ミサばっかりじゃんこういうのぉぉ！　……来んな！　嫌い！　あんた嫌い！」

「そうですか、わたしは特になにも」

「っ嘘《うそ》吐《つ》くなよ！　あんたもミサが悪いって言うんでしょ！　蹴ったじゃん！　嫌いなんでしょ！」

「質問なんですが」

不思議なくらい、清々《すがすが》しいほどに、

「生ゴミを捨てるとき、これ嫌いだなとか思います？　捨てなきゃな、ってだけじゃないですか？」

雷原さんの声には感情がない。

「臭いな、くらいは思いますが」

「臭……っ、あんた嫌いぃ！　……ケーサツ呼ぶ！　タイホしてもらう！　勝手に部屋入ってきて！　タイホされろ！」

「ええ、呼びましょう。いっしょにちゃんと裁かれましょうね、わたしもあなたもクズですから」

「ミサ悪くない！　ヒガイシャだもん！」

「被害者、ね」

　母さんの目の前で立ち止まり、見下ろす雷原さん。蹴られたことを思い出したのか、一瞬ビクリとするも、母さんは叫び続ける。

「そうでしょ！　見ればわかるじゃん！」

「あなたの怒鳴り声で固まってしまう、あんな怪我をさせられているあの人を見て、それでもそう思うんですか？」

「……ミサ悪くない！　……だって、子どもなんてみんな母親が好きなんだもん！　だからっ」

「……だから？」

　問い返す雷原さん。その後ろで俺は、耳を塞いでしまいたかった。

　予感が、あったから。

「別になにしてもいいんだもん！　子どもはお母さんが好きだから！」

　……そりゃないよって、思ってしまう言葉が来る予感があったから。そしてそれは、正しかった。

母さん、それは、……それは、そんな。

「好かれて当然なのっ、だって大変だったから！　がんばったの！　ミサが産んだの！　育てたの！　なんの才能もなくてちゃんとできないことばっかな、全然タッくんみたいじゃないその子を！　がんばったの！」

たしかに俺は、何にもできない。父さんみたいじゃない。それを言われたらそうなんだけど、でも。

いや、違う。そんなこと思うな。

家族だから、俺はあの人の子どもだから。あの人を大切に思わなくちゃならないはずで。

「……あなたには、ひとつだけとても感謝しています」

「……はあっ？」

「この人を産んでくれたこと。その点については、とても。でも、ごめんなさい」

雷原さんが母さんに向ける言葉には、ずっと熱がない。感謝と謝罪を告げる今もそのまだ。淡々と事実だけを並べる口調。気持ちを無理やり抑えてるようにも見えない。

「わたし、あなたと同じくらい勝手なもので」

でも、熱がないならそれはどうして？　……だってどうしても、これは人が人に向け続けられるものだとは思えない。

人が人と話すなら、どんな方向にせよ温度は宿っていくはずなのに、いつまで経《た》っても彼女の声からはそれが感じられないままで……、

「だから、ごめんなさい」

俺は、このときようやく理解することになった。

そうでなきゃ説明がつかないような事実を、理解する。

「静かにしててもらいたいなぁ、って。できれば、ずっと」

──雷原さんは、地面にうずくまったままの母さんの頭の上で、自らの足を上げた。

「……え？」

その「え？」は、俺の口から出たものか母さんの口から出たものか。

え、だって。

雷原さんの背中には、特別なことをする雰囲気がすこしもない。

……生ゴミの話を、彼女はさっきしていた。だから引《ひ》き摺《ず》られて、今の姿に思う。まるでゴミに出すアルミ缶を前にしているようだ、と。

それを潰すのは必要だからそうするだけで、特別な感情なんてなく──つまりもちろん、躊躇《ちゅうちょ》なんて一切なく。

「………え？　あんたちょっと……ねえ、待っ」

その雰囲気に母さんも気づいたようだけど、俺と同じく止められる体勢でもタイミングでもなく。

雷原さんはなんて言った？　……静かに、しててもらいたい？　できれば、ずっと？

いや、その意味は、……それは。

それは。

ズゴンッ！　という表現がいちばんぴったりだろう轟音《ごうおん》が、部屋の中に響いた。

「あ、……あ、あ」

俺の口から、なにかの音だけが漏れていく。

……ビィイインと、余波として残った床と空気の振動が収まったとき、俺の視界にあったのは。

「…………――」

放心して一言も発せない様子の母さんと、その顔のほんのすこしだけ横に足を振り下ろしている雷原さんの姿だった。

ふたつのことを、俺は思った。

ひとつ、意外だったということ。だって彼女は、母さんの顔を踏み潰すとしか考えられない背中をしていた。

そしてもうひとつ。

「地藤さん」

スッと、雷原さんはこちらを向いた。彼女の顔は、それだけで世界一優しい女性のものに変わる。慈愛に満ちた、こちらに対する気遣いで溢《あふ》れんばかりの顔に。

俺は思う、ああやっぱり、……俺たちとは別なのだ、きっと。

食べるものが、体を成す物質が、ＤＮＡに記されたものがなんであれ、そんなの瑣末《さまつ》ごとに感じられるほど、心の在り方が俺たちとは決定的に違う。

別種の、生き物。

「雷原、さん……」

「はい」

だから、……またこちらにやってきた彼女に、俺は搾り出すように言った。

「……俺、ほんの、ちょっとだけ、思いました」

「はい」

「俺、……俺、…………俺の気持ち、わかった？　って」

「……はい」

雷原さんは、こちらを優しく柔らかく抱きしめる。

……この身を包むこの女性が、なにか別の生き物なら。

人の倫理が、この場に届いてこないなら。

そんな許されない本音を、言ってしまってもいいと思った。

「……っ、……いや、ちが、…………違うんです、い、今のは」

「……地藤さん」

「違うんです、……俺……！」

でも、そう一瞬でも思えたから、口にできたからこそ体の中で罪悪感が強く暴れ出す。

ダメなことを言った、言ってはいけないことを。だって俺たちは家族なのに。

「いいんです、地藤さん。……地藤さんの中に、それでもあの人を心配する気持ちがあっても。……心配なんですよね？」

「は、……はい」

だって、そうだ。

雷原さんの肩越しに母さんの姿を見る。痛みや恐怖にうずくまる家族の様子を見て、心配する気持ちがないわけない。

「どんな、経緯が、あったとしても。た、たとえ、……そんな目に遭うのが、当たり前だとか、思ったと、しても！　……し、心配しなかったら、それは、血が繋《つな》がっていても、家族じゃない……」

「はい、わたしもそう思います。……ごめんなさい、地藤さん」

なぜか謝りながら、雷原さんはスマホを取り出した。俺の目の前に掲げられたそれの画面には、……俺の顔が映っている。

写真じゃない、インカメラだ。鏡よろしく映っているのは、今現在の俺の顔。

「今のあなたはこんな顔をしています。こんな表情をしているんです。……ね、地藤さん」

ゾクリと、とびきり大きな悪寒がした。聞いてはいけない言葉を、これから聞くことになる予感が奔《はし》って。

「……ま、って、くだ」

俺は思わず小さく首を振るも、雷原さんは心底悲しそうな顔をしながら、その問いを口にした。

「あなたの記憶の中で、あなたのお母さんは、こんなに心配そうな顔をしてくれたことがありましたか？」

「…………――っ！」

今日、腹を抑えてうずくまる俺を見下ろす、母さんはどうだった？　すこしでも、ほんのすこしでもいい。やりすぎちゃったかなとか、そんなやつだってい い！　わずかでも心配の気持ちを、その表情に浮かべていただろうか。

「……う………ぁ」

今日じゃない、他の日は？　たとえば、母さんに殴られた場合じゃない、俺が自分でドジをしてとか、そういう小さいころの記憶では？

あるいは、熱を出して寝込んでいるときは？　母さんはどんな顔をしていた？

母さんは、母さんは。

俺を見る、母さんは。

「…………あ、ああ、あああぁぁ……」

心配する顔なんて、……いくら記憶を掘り返しても。

「……あ、あ、あああぁぁぁぁぁぁぁぁぁぁ……！」

心配しなかったら、血が繋がっていても家族じゃない。ほんのついさっき、そんなことを言ったのは俺自身で。

だから言い逃れも誤魔化《ごまか》しも利かなかった。

「ごめんなさい、……きっとそうなんだろうって思っていて言いました。それであなたが傷つくって、わかっていて言いました。……ごめんなさい、…………ごめんなさい」

自分自身が切られたかのような声で、雷原さんは言う。

流れたいくらかの沈黙の後、そして俺は彼女に問う。

「…………らいは、ら、さんは、……にんげん、ですか？」

「……わたしは、何かの化け物です」

雷原さんは、悲しそうな声で答えた。

「あなたを誑《たぶら》かす、まともな形をしていない、何かの化け物です」

ああ、やっぱりそうなんだ。

「らい、はらさん……」

「…………はい」

だったら。

「ごめんなさい、地藤さん、……ごめんなさい、わたし、……わたし――」

俺は彼女に、絶対に言わなければならないことが、あった。

「……いて、ください」

「…………え？」

「そばに、いてください」

だって。

「おれ、は、……もう、ひととは、いっしょに、くらせない。……こころを、あずけられない。かぞくだって、……こわくて、おもえない」

まるごと、本音の弱音。

「でも、ひとりは、いやだ……。さみしくて、さむくて、いきていけない……」

心の中をそのまま曝《さら》け出し、目の前の女性に情けなく縋《すが》りつく。

「こんなに、あたたかいここから、でて、なんて、……おれには、もう……。だから……」

この、俺の今までの人生でいちばん温かい半径五十センチから、抜け出て生きられる自信がない。

「ひととは、ちがう、あなたに、……そばにいて、ほしいです」

「──一生、います」

俺の懇願に、その女性は即答を返した。

それ以上の言葉よりも、俺は黙って温度を求めた。いずれ彼女から受け取る熱だけしか温《ぬく》もりと呼べなくなってしまうのだとしても、俺はそれが欲しかった。

……やがて息と心をようよう整え、俺は言う。

「……肩を、貸してもらえますか」

「はい」

　ズキリと体は痛むけれど、彼女の支えがあるなら平気だった。立ち上がって、歩いて、俺は前に進む。

　たどり着いた俺に、床にうずくまったまま母さんは視線を突き刺してくる。

「……な、っな、んで、……なんであんたは、そ、……そうなの！」

「…………」

「迷惑、ばっか、かけて……！　そんな女、つ、連れ込んできて……！」

「……」

「なんで、なんでそうなのっ！　タッくんみたいじゃ、ない！　なんの才能もなくて、なにもちゃんとできなくて、ダメダメで、……タ、タッくんだったら……！　タッくんだったらぁぁ……！」

「……ごめん、母さん」

　俺の謝罪に、キッと母さんはまなじりを鋭くする。

「っあんたが悪いの！　ミサ悪くない！　もっとちゃんと謝ってよ！」

「……うん、ごめん」

　そうなんだよ、母さん。俺はあなたに、謝らなきゃいけないことがあるんだ。

「〜〜ッ、聞こえないッ！　聞こえない聞こえない聞こえない！　謝って！　ミサにもっとちゃんと！」

「ごめん、……ごめんね、母さん。俺、……才能がないんだ」

「っそうだよ！　だから――」

「うん。だから、ごめん。……十八年しか、あなたの息子を、やる才能がなくてごめん」

母さんはその言葉に、俺が今まで見たことのないような顔をした。

エピローグ

「ん…………ぅおっ」

「ごめんなさい、驚かせちゃった？」

朝。

目が覚めてゆっくりまぶたを開くと、視界の中にこちらの顔をじいっと見つめる人影が。

「いや、……おはよう、甘音《あまね》さん」

「おはよう、景《けい》くん」

時計を見れば、朝九時半。今日は日曜日だ。

「ちなみに今日は何時からそうしてたのか、聞いても？」

「………………………え〜〜っとぉ」

すい〜っと目を泳がせて、俺の恋人は答えを濁す。

「そんなに、長くは、ない、かな！」

「そうなんだ」

「ごめん嘘《うそ》かも！」

自白が早い。しかしそれでも、決して具体的な数字は言わない。

朝早くにやってきて俺の寝顔を眺めることは、もはや人生から欠かすことのできないひとときなのだと彼女は言う。

「それで、何時から？」

「さ、そろそろ朝ごはんにしよ！　ね！」

頑《かたく》なだ。そんな恋人に苦笑しながら、俺は寝床から体を起こした。


トトトトトッと、包丁の奏でるリズムの良い音。甘音さんの動きは、後ろ姿でもわかるくらいにテキパキと手際がいい。

彼女が立っている台所から広がる美味《おい》しそうな匂いは、テーブルで待つ俺の方まで届いている。

……ちなみに、なにか手伝おうと腰を浮かそうものなら甘音さんはすぐに気づいて、ニコリと笑って制してくる。途方もない大きさの巨木は、ほんの一瞬触れただけで「人間がどれだけ押そうがびくともしないな」とわかるものだが、だいたいそれと同じタイプの笑顔だ。

「お待たせ～」

やがて出来上がった品を、彼女はテーブルに並べてくれる。今日は焼き鮭《さけ》を中心にした和食メニューだ。

ふたりでいただきますと声を揃《そろ》えて食事を始め……、すこし経《た》ったときだった。テーブルの上で甘音さんのスマホが鳴る。画面には、花音《かのん》の文字。

「あら、どうしたのかしら。ごめんなさい、ちょっと」

「うん、もちろん」

「……もしもし、花音？　うん、……ふふ、そうね、こっちはおはようよ。……うん、うん、……あ～、カナダに持っていった荷物には入ってないはず。こっちにあるよ。うん、……わかった、送るね。え？　わかったわかった、それも入れとく」

どうやら、送ってほしい荷物のリクエストらしい。

「うん、他になにかないかお父さんと詩音《しのん》にも、……うん、お願い。…………………え？いっしょだけど……また？」

チラリ、とこちらを見る甘音さん。それだけで意図がわかるくらい、これまでも何度かあったことだ。俺が頷《うなず》くと、甘音さんはスマホをスピーカーモードに切り替えた。

『景さ〜ん！　おはよ〜ございます〜！』

「おはよう、花音さん」

『やっぱり今日もお姉ちゃん、お家にお邪魔してたんですね〜！　そうだと思いました〜！　ごめんなさいクソ重女でほんとご迷惑を〜！』

「はは、お世話になってばっかりだよ」

元気な妹の花音さんは、姉の甘音さんと喋《しゃべ》るついでに、たびたび俺とも話したがってくれる。

『それで、……あのですね――』

その理由は、付き合い始めたという彼氏についての相談だ。姉の恋人というのは、相談相手としてちょうどいいのかもしれない。こちらも恋愛ごとにはまったく明るくないと伝えてあるのだが、頼ってくれている。

『……なるほど〜、男子ってそうなんですね』

「俺とか俺の周りの連中は、そういうのが多いかな。もちろん、国も歳《とし》も違うからアレだけど」

『いえいえ、参考になりました！　ありがとうございます〜！　……そうだ、今度の全日本ジュニア、ぜったい観《み》に来てくださいね！』

「うん、楽しみにしてる」

『えへへへ、優勝するかどうかはどうでもいいんですけど、わたし史上最高の構成組んでるんで！　最高の演技して最高点取ります！』

ちなみに花音さんが自己最高点を取ったら、それは普通に優勝候補最右翼らしい。

『……あ、もしそれまでにわたしが彼氏と別れちゃってたりしたら、優勝のご褒美に慰めデートしてくれます？』

なぁんて、と花音さんはおどけて続け。


「花音」


『ごめんなさい冗談ですもう言いません』

甘音さんのたった一言に、すぐさま真剣な声で謝った。

「甘音さん……あまり妹さんをおどかすものでは」

「おどかすだけで済ませたいんです。わたしだって、まさか絶対したくありませんから。大切な、可愛《かわい》い可愛い妹と」

首の刎《は》ね合《あ》いなんて。

静かに、はっきりと、そう言う彼女が俺の恋人だ。

「そうでしょう、花音」

『……景さん、前も聞きましたけどほんとにいいんですか、こんなクソ重倫理観バグり女が恋人で。人生に支障を来《きた》すかも……』

「花音？」

『さ、そろそろ寝よっかな！　こっち夜だから！　おやすみなさい！』

ささっと花音さんは通話を切った。

「はは、ごまかし方が姉妹でそっくりだ」

「…………いいんですか？」

「え？」

「人生に、支障を来すかも……」

「……はは」

その確認には、俺は笑って答える。

「支障なら、とっくに来してたよ。甘音さんに出会うよりはるかに前からずっと。それが、甘音さんが来てくれて変わったんだ」

　あの日。

　あの後、病院、警察、そして行政と、とにかくたくさんの立場の大人が事に関わった。団地の閉ざされた一室から、事態は開かれたところへ明確に移動した。

　いろいろな診断と判断と決断がされて、……いや、ほんとうにいろいろあって。

　結果として、数ヶ月経った今、俺はあの場所とは別の部屋で生活を始めている。一人暮らし、……というには、あまりに目の前の彼女に頼り切りだけど。

「変わった、が、良くなっているを意味するとは限らない」

「……甘音さん」

「あのとき、景くんは選んだ——選ばされた。支配と、同じく支配の中からひとつを」

　甘音さんは、顔を伏せる。柔らかな髪がさらりと揺れた。

「……わたしね、店長さんにお礼を言われたの。景を守ってくれてありがとうって。俺がやるべきで、でもできなかったことを、って」

　その話は、今や俺の法的・経済的な保護者になってくれている叔父さんからも聞いた。

「……店長さんは、景くんの状況に直接干渉することはできなかった。煙たがられて、景くんをどこか遠くへ連れていかれるのを恐れたから。物理的な意味だけじゃなく、権利的な意味でも」

甘音さんが言うことは合っている。叔父さんは最初のうちは、母さんのところへ俺のことについてかなり厳しく注意しに来ていた。しかし、たぶんどこかの時点で「これ以上うるさければ、会わせなくする」というカードを切られたのだと思う。

実の母親と叔父では、権利が段違いだ。その言葉は重い。

「景くんにとって、店長さんの存在とあのお店で過ごす時間は、最後の命綱だった」

「うん、……今だから、俺も自分でそうはっきりわかる」

叔父さんがいなかったら、あの店で過ごす時間がなかったら、とっくに俺はこの世にいないだろう。それだけ、俺の心にとって大切な逃げ場だったのだ。

「それをわかっていたから、店長さんは動けなかった。動けなかったけど、でもできる範囲で最大限のことをして、ずっと景くんを支えていた。……ね、わたしね、景くん」

全然意味がわからなかったの、と彼女は繋《つな》げる。

「だって、そうじゃない。店長さんは、そうやって景くんをずっと大切に大切に守ってきてくれた。だったら、どうして店長さんがお礼を言うの？」

「…………」

「逆だよ、わたしがお礼を言わなきゃ。ありがとうございました、って。わたしが景くんと出会うまでの間、わたしの代わりに景くんを守ってくれて、って」

実際、甘音さんは叔父さんにそう言ったらしい。それを教えてくれたときの叔父さんの顔は忘れられない。

「……わたしは、こういうことを本気で言っているし、本気で思ってる。……まともじゃない、誰と比べたって。……景くんのお母さんとだって」

対面に座る甘音さんは、するりと手を伸ばしてこちらの右手の表面を指でなぞる。

「あの女は呪いをかけた。『なにも才能がないんだ』って呪いをあなたに。当たり散らす口実が欲しいから」

伏せていた顔を上げ、彼女はこちらを正面から見つめた。

「わたしは祈りを捧《ささ》げてる。『なるべく才能がないでいて』って祈りをずっと。お世話をする口実が欲しいから。……どっちがマシかな？　どちらかは、すこしでもマシかな」

その瞳は、相変わらず底の見えない深さをしている。

「結局は、どっちもどっちだよ。おしなべて、碌《ろく》なものじゃない」

自分自身をそう容赦のない言葉で表す、俺の恋人は……、

「だからね」

そんなことないよ、なんて言葉を俺に言わせたいわけでは、なくて。

「ごめんね景くん、諦めて。幸せにするから、わたしのそばから離れることを、どうか諦

めて。……ごめんなさい、どうか」

その自分のまま、できることをすべてする。そういう女性なのだ。

今日もそうだが、出会ったときも、彼女は地雷系というファッションに身を包んでいた。

しかし、俺からすれば地雷が埋まっていたのはこちらの方。

俺の中、他者からそうそう見えない深さに埋まっていた爆発物――母さんそのもの、そして母さんに縋《すが》るのをやめなかった俺の愚かさ。

甘音さんは、それをあの日、文字通り遠くへと蹴り飛ばした。

「まともじゃないよ、甘音さんは」

「……うん」

「でも、まともな人たちは、まともだからあのときあの部屋に来られない」

彼女が俺の状況を知ることができたのは、法的にも倫理的にも正しくない行いをしたからだ。

「まともな人たちは、まともだから母さんにあんなこともできない」

そうしたら、今頃どうなっているかわからない。

「……景くん。わたしは、まともには、これからもなれないけれど」

「うん」

「でも、絶対にあなたを幸せにするから。ずっとするから。それだけ、信じて」

「うん、……そういう妖怪？」

「ふふ、そうだよ、そういう妖怪」

そんな会話を交わして、俺たちはそういえば止めてしまっていた食事を再開する。

今日も甘音さんのご飯は美味《おい》しい、のだが。

「……っと」

俺の箸は、おかずをツルッと摑《つか》み損ねた。

そして、俺が食事中になにかミスをすることは、それが始まる合図だった。

「はい、景くん」

甘音さんは、俺の代わりに箸で俺の分のおかずを摘《つま》み、こちらへ差し出す。

俺が食べると、次。食べると、また次。

「あの、……甘音さん。このルールって、なしにはならない？」

「ごめんなさい、ちょっと意味が。人の言葉がまだうまくわからなくて……」

「人間社会で暮らして十八年は経《た》ってるはずでは」

「そうだったかな。さ、次はなに食べる？　景くん」

——名前で呼び合うようになり、敬語も自然に外れて、どんどん仲が深まっていく日々の中で。

俺は、自分でできることがどんどん少なくなっていっている。

目の前の彼女があらゆることをやってくれるから、ついあれをしなくなって、これをしなくなって。なのに、生活はどんどん快適になっていって。

そうすると、意志はどうあれ脳が学習していくのだ。俺はしなくていいのだ、俺はしない方がいいのだと。そして、最後にはそこのスキルに割いていた容量を削ってしまう。

このサイクルが、ゆっくりと、確実に進んでいる。変質していく脳は、決して元には戻らないのに。

わかっては、いるのだけど。

「……ねえ、これってさ、結局どっちがどっちを甘やかしてるんだろうね」

「それは……」

「今、傍《はた》から見れば景くんが甘えているように映るだろうけど、甘やかさせてもらう、って形で、わたしは景くんにすごく甘えてる」

……思えば甘音さんとの日々の始まりは、彼女にどうにかして甘えてもらうこと、彼女をどうにかして甘やかすことだった。

それはある意味、これ以上ないくらいに叶《かな》っているのかもしれない。

「ありがとうね、景くん。お礼になんでもするから、……なんて、それじゃまたわたしが得しちゃうんだけど」

幸せそうに微笑《ほほえ》みながら俺に言う甘音さん。彼女のその献身にとびきりの心地よさを感じていることを、まさか否定なんてできない。今でも不意に、いつかの看病のときのように涙がこぼれて止まらなくなることがある。

……俺にしたって、甘やかすことで甘えているという彼女に、やっぱり甘えているのだ。

ある種の永久機関かもしれないこれは、間違いなく共依存だ。

自立した者同士で対等に支え合うのがほんとうの意味でのパートナー——なんて、きっと正しくて美しい人たちは、そんな風に言うだろう。

俺たちみたいな溶けるように依存し合う関係は、不適切で不健全だって言うだろう。

でも、正しくて美しいちゃんとしたことをするのは、正しくて美しいちゃんとした人たちにお願いしたい。それで幸せになれる人たちが、そうしていればいいと思う。

互いに歪《いびつ》な俺たちは、歪なやり方で互いの破れを綴《と》じ合うのだ。

「……？　景くん？　どうしたの？」

「いや…………はは、このまま甘音さんに頼りきりで、呼吸するのも手伝ってほしくなったらたいへんだなって」

そんな冗談を口にしてみると、パチクリまばたきを何回かした彼女は。

「まあ、それは、ふふ」

出られる仕組みになっていない牢《ろう》に閉じ込めるような瞳で、俺を見つめて。

「ふふ、……ふふふ」

そんなのはさすがにダメですよ。そこまではちょっと。

……なんて、一切言わず。

ニィイイイ、と笑った。

あとがき

　なんと三作連続で、ヒロインもしくはサブヒロインが主人公に対して盗聴を仕掛けました。恐ろしいね……。わたし自身は別に盗聴に詳しくもなんともなかったんですが、おかげで知識が増えました。本当にいろいろな手法があるみたいなので、皆さまお気をつけください。

『まともじゃないやつが、まともにならないまま幸せになる』ということを、デビュー作からずっと描き続けている気がします。『まともじゃないやつが、まともじゃないからこそ誰かを救う・救える』こととといっしょに。そういう光景の中でしか言えないことがあり、癒えないものがあるのだと信じています。

　ずっとクソ重倫理観バグりヒロインを描き続けているこのわたしに、「地雷系テーマとかどうですか？」などという文字通り爆発物みたいな提案をしてくれた胆勇無双なる担当さん、最高の地雷系イラストで世の幸福度をひたすらに上げ続けてくださっているイラストレーターのtetoo《テツト》先生を筆頭に、たくさんの方々が本作の制作にお力添えくださいました。ありがとうございました。

そしてもちろん、お読みくださった皆さま方にいちばんの感謝を。楽しんでいただけたなら幸いです。

藍月要《あいづきかなめ》でした。


と、普段ならこのように締めるのですが、なんと今回のあとがきが四ページに増えたとの連絡が担当さんから飛んできました。盛り上がってきたぞ。

もらえるものは有効に使わなければ。あまりこういったページ数のあとがきは書いたことがないのですが、たいへん良い機会です。

ということで、残りの二ページを使って、『いま聴きたい！　アイドルマスターシリーズ楽曲3選』をお届けします。これを書いている二〇二三年七月現在、サブスク解禁もされているアイマスシリーズですが、その曲数は膨大。興味はあるけどなにから聴いたらいいものかしらとお悩みの皆さまへ、界隈《かいわい》の沼に棲《す》み続けてそれなりに時間が経《た》っているタイプの人間から、オススメをご提案させていただきます。

なお、著作権の関係もあるので、紹介コメント内で歌詞の直接引用はしていません。ラノベのあとがきでやることか？　という純度百％のド正論につきましては、拡張子が対応していないので読み込むことができません。ご了承ください。

○ハミングバード（作詞・作曲：藤本記子　編曲：福富雅之）

肌にヒヤリと冷たくて、だからこそ爽やかな、窓を開けた瞬間の朝の空気そのものを人間が耳で聞き取れる周波数に変調するとこういう音になるんだと、この歌と出会って知ることができました。飛び立つことは旅立つことを意味して、旅立つためには独り立つ覚悟を持たなくちゃで、独り立つためには今、奮い立つわたしが必要なんだと歌い上げる一曲です。

歌詞と歌声と曲展開、そして「新しい挑戦を始める大人が歌っている」という背景情報すべてが完璧にバチッと足を揃《そろ》えた、全方位隙なし無敵ソング。ちなみにこの曲の素晴らしさを見事に解説したブログ記事を数年前に読んでとても感銘を受けたのですが、今どれだけ探しても見つからない。ネットは儚《はかな》く人は弱い。誰か見つけたら教えてください。

○Dye the sky.（作詞：烏屋茶房　作曲・編曲：ヒゲドライバー）

昨日に縋《すが》るな未来を決めつけるな現在だけが戦う場所だろ甘えてんじゃねえ、やるぞ！と言わんばかりのリリックに震える、プロダクションのアイドルみんながワイワイ集って賑《にぎ》やかに歌っているとは思えないくらいマッシブな思想をぶっ放してくる一曲。

念入りに紡がれる「輝かなければ価値がなく、色鮮やかでなければ意味がない」「わたしはわたしを世界に塗りたくるのだ」的なメッセージからは、シビアな現実を容赦なく描きながら、それでもきらめいている、色づいてる「わたし」になっていくことを絶えず求めるシャイニーカラーズというシリーズの信念が感じられます。良すぎる。

　元気をもらいたいときではなく、覚悟を決めたいときに聴きたい曲で、効いてくれる歌だと思います。

○秘密のトワレ（作詞・作曲・編曲：ササキトモコ）
　身勝手で侵襲的で、どうしようもなく綺麗《きれい》じゃない愛があることを正面から紡ぎ切る一曲。手段より結果でしょ？　倫理より合理でしょ？　これがわたしの愛だから——という曲中の彼女のスタンスは、善悪で言えば後者でしょうが、それを自覚した上で悔やみながら、謝りながらも止まれない、止まらないところに柔らかな悲しさと昏《くら》い強さを感じます。

　自分が作品で描いているテーマと強く共通するところがあり、聴くたび勝手に仲間に出会ったような気持ちになる曲です。


　以上、二ページに収めるためには三曲が限界でしたが、三曲て。アイマスでたった3曲て。めっちゃ悩みました。関係ないけど、もっと楽譜集出てほしい〜。

読者アンケート実施中!!

ご回答いただいた方の中から抽選で毎月10名様に「図書カードNEXTネットギフト1000円分」をプレゼント!!

URLもしくは二次元コードへアクセスしパスワードを入力してご回答ください。

https://kdq.jp/sneaker

［パスワード：nmm3i］

●注意事項

※当選者の発表は賞品の発送をもって代えさせていただきます。
※アンケートにご回答いただける期間は、対象商品の初版（第1刷）発行日より1年間です。
※アンケートプレゼントは、都合により予告なく中止または内容が変更されることがあります。
※一部対応していない機種があります。
※本アンケートに関連して発生する通信費はお客様のご負担になります。

スニーカー文庫の最新情報はコチラ!

新刊 / コミカライズ / アニメ化 / キャンペーン

公式Twitter

［@kadokawa sneaker］

公式LINE

［@kadokawa sneaker］

友達登録で
特製LINEスタンプ風
画像をプレゼント!

見《み》た目《め》は地雷系《じらいけい》の世話焼《せわや》き女子高生《じょしこうせい》を甘《あま》やかしたら？

著　藍月《あいづき》 要《かなめ》

角川スニーカー文庫　23789

2023年9月1日　初版発行

発行者　山下直久

発　行　株式会社KADOKAWA
〒102-8177 東京都千代田区富士見2-13-3
電話　0570-002-301（ナビダイヤル）

印刷所　株式会社暁印刷
製本所　本間製本株式会社

◇◇◇

Printed in Japan　ISBN 978-4-04-114066-6　C0193

★ご意見、ご感想をお送りください★
〒102-8177 東京都千代田区富士見 2-13-3
株式会社KADOKAWA　角川スニーカー文庫編集部気付
「藍月 要」先生
「tetto」先生

角川文庫発刊に際して

角川源義

第二次世界大戦の敗北は、軍事力の敗北であった以上に、私たちの若い文化力の敗退であった。私たちの文化が戦争に対して如何に無力であり、単なるあだ花に過ぎなかったかを、私たちは身を以て体験し痛感した。西洋近代文化の摂取にとって、明治以後八十年の歳月は決して短かすぎたとは言えない。にもかかわらず、近代文化の伝統を確立し、自由な批判と柔軟な良識に富む文化層として自らを形成することに私たちは失敗して来た。そしてこれは、各層への文化の普及滲透を任務とする出版人の責任でもあった。

一九四五年以来、私たちは再び振出しに戻り、第一歩から踏み出すことを余儀なくされた。これは大きな不幸ではあるが、反面、これまでの混沌・未熟・歪曲の中にあった我が国の文化に秩序と確たる基礎を齎らすためには絶好の機会でもある。角川書店は、このような祖国の文化的危機にあたり、微力をも顧みず再建の礎石たるべき抱負と決意とをもって出発したが、ここに創立以来の念願を果すべく角川文庫を発刊する。これまで刊行されたあらゆる全集叢書文庫類の長所と短所とを検討し、古今東西の不朽の典籍を、良心的編集のもとに、廉価に、そして書架にふさわしい美本として、多くのひとびとに提供しようとする。しかし私たちは徒らに百科全書的な知識のジレッタントを作ることを目的とせず、あくまで祖国の文化に秩序と再建への道を示し、この文庫を角川書店の栄ある事業として、今後永久に継続発展せしめ、学芸と教養との殿堂として大成せんことを期したい。多くの読書子の愛情ある忠言と支持とによって、この希望と抱負とを完遂せしめられんことを願う。

一九四九年五月三日

男嫌いな美人姉妹を
名前も告げずに助けたら
一体どうなる？
みょん Illust.ぎうにう
1巻発売後即重版!
早く私たちに溺れればいいのに
——濃密すぎる純情ラブコメ開幕。
学年一の美人姉妹を正体を隠して助けただけなのに「あなたに隷属したい」「君の遺伝子頂戴?」……どうしてこうなったんだ?　でも“男嫌い”なはずの姉妹が俺だけに向ける愛は身を委ねたくなるほどに甘く——!?
スニーカー文庫

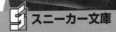

隣の席のヤンキー清水さんが髪を黒く染めてきた
底花　イラスト　ハム
Story by Teika Art by Hamu
お前のために
髪を黒く染めたんだから……
気づけよな。
1巻
発売
即重版!!
「髪染めたんだね」「ああ」「どうして髪染めたの?」「なんでって、昨日お前が……」僕の隣の席に座る金髪から黒髪に染めたヤンキーJK・清水さん。その後も一緒に料理したり、お弁当をくれたりするのだけど……。
スニーカー文庫

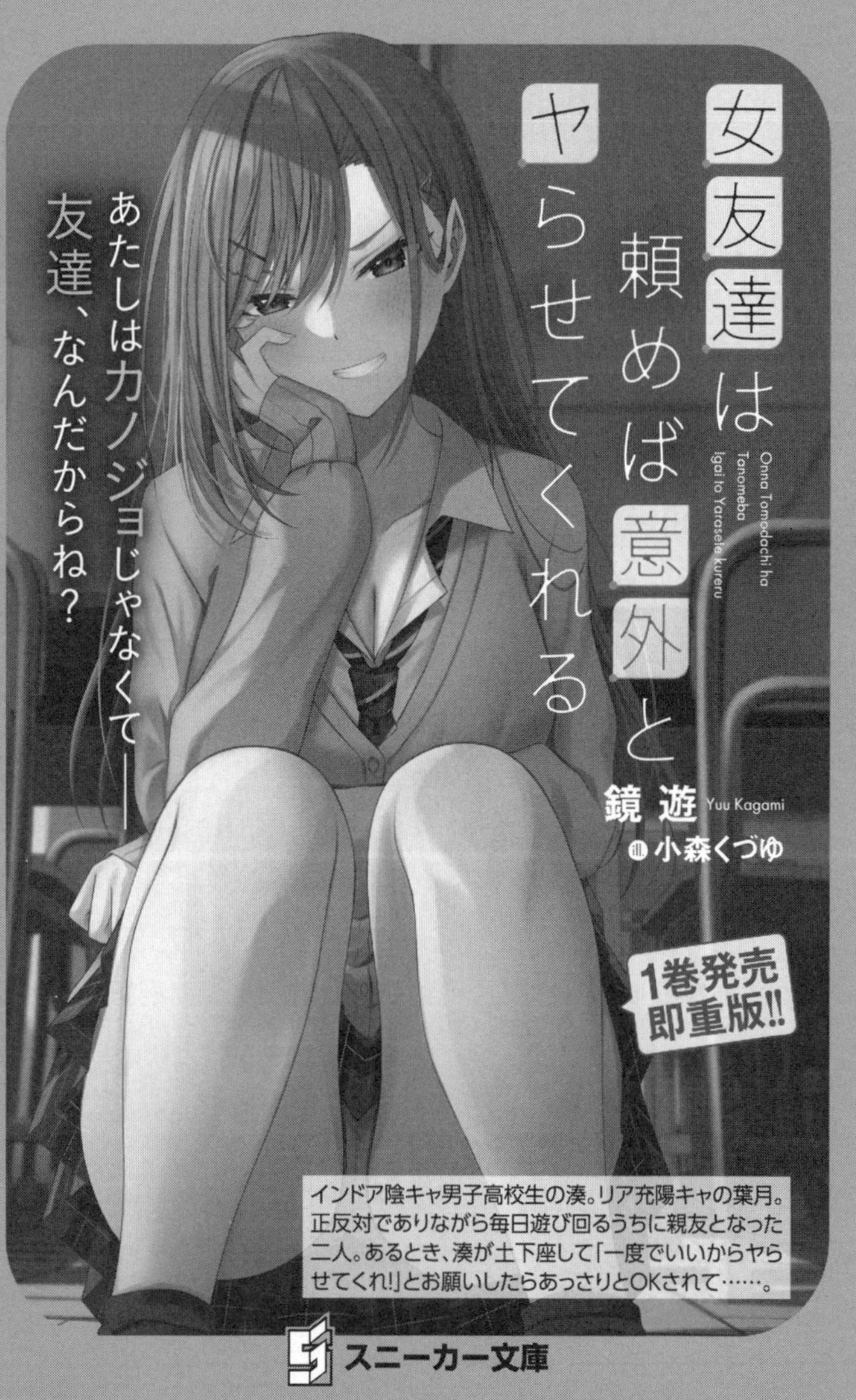

女友達は頼めば意外とヤらせてくれる
Onna Tomodachi ha Tanomeba Igai to Yarasete kureru
鏡遊 Yuu Kagami
画 小森くづゆ
あたしはカノジョじゃなくて——
友達、なんだからね？
1巻発売即重版!!
インドア陰キャ男子高校生の湊。リア充陽キャの葉月。正反対でありながら毎日遊び回るうちに親友となった二人。あるとき、湊が土下座して「一度でいいからヤらせてくれ!」とお願いしたらあっさりとOKされて……。
スニーカー文庫

「私は脇役だからさ」と言って笑う
そんなキミが1番かわいい。
クラスで
2番目に可愛い
女の子と
友だちになった
たかた [イラスト]日向あずり
第6回
「」カクヨム
Web小説コンテスト
特別賞
ラブコメ
部門
『クラスで2番目に可愛い』と噂の朝凪さん。No.1人気の天海さんにも頼られるしっかり者の彼女は……金曜日の放課後だけ、俺の家に遊びに来る。本当は無邪気で甘えたがり。素顔で過ごす、二人だけの時間。

エロゲのヒロインを寝取る男に転生したが、
俺は絶対に寝取らない
みよん
illust.千種みのり
NTR？BSS？ いいえ、これは「純愛」の物語――
奪われる前からずっと私は
「あなたのモノ」
ですから♪
気が付けばNTRゲーの「寝取る」側の男に転生していた。幸いゲーム開始の時点までまだ少しある。俺が動かなければあのNTR展開は防げるはず……なのにヒロインの絢奈は二人きりになった途端に身体を寄せてきて……「私はもう斗和くんのモノです♪」
スニーカー文庫

浮気していた彼女を振った後、
学園一の美少女にお持ち帰り
されました
著：マキダノリヤ
イラスト：桜ひより
Makida Noriya + Sakura Hiyori
今更謝ってももう遅い――
だって彼はもう私の彼氏です
1巻
発売
即重版!!
最愛の彼女の浮気現場を目撃してしまった。失意のまま連れて行かれた合コン会場で不意に唇を奪われて……「あなたがフリーになったら必ず私のものにすると決めていた」と迫ってくるのは学園一の美少女・双葉怜奈!?
スニーカー文庫

Reunited
with my former lover on
a dating app
マッチングアプリで
元恋人と再会した。
ナナシまる
ILLUST
秋乃える
シリーズ続々重版中!!
アプリが告げる運命の相手は、
疎遠になっていた元カノ!?
友だちの勧めで始めたマッチングアプリ。【相性98%】運命の人との初対面——しかしその相手は元カノ・高宮光だった！　同じ大学の美少女・初音心ともマッチし……未練と新しい恋、どっちに進めばいいんだ!?

スニーカー文庫

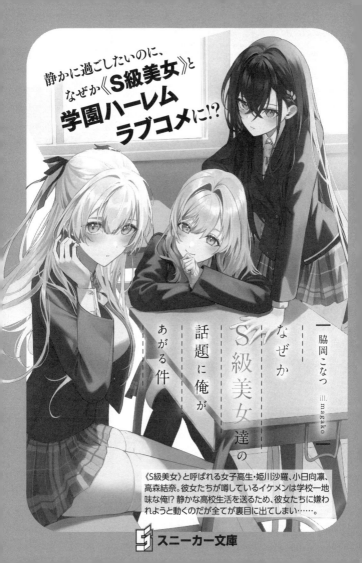

地下鉄で美少女を守った俺、名乗らず去ったら全国で英雄扱いされました。

水戸前カルヤ
ill. ひげ猫

高校受験の帰り道、涼は地下鉄で突如通り魔に遭遇した。転んだ少女を庇うため咄嗟に戦い勝利するも、疲れてそのまま家に帰った翌日、涼が目にしたのは——テレビに映った美少女が自分の事を英雄と呼んで探していた。

スニーカー文庫

転校先の清楚可憐な美少女が、
昔男子と思って一緒に遊んだ幼馴染だった件
Hibariyu
雲雀湯
illust シソ
重版続々!!
元"男友達"な幼馴染と紡ぐ、
大人気青春ラブコメディ開幕!
作品特設サイト
公式Twitter
7年前、一番仲良しの男友達と、ずっと友達でいると約束した。高校生になって再会した親友は……まさかの学校一の清楚可憐な美少女!? なのに俺の前でだけ昔のノリだなんて……最高の「友達」ラブコメ!
スニーカー文庫

時々ボソッと
ロシア語でデレる隣のアーリャさん
Милашка❤
燦々SUN
イラストももこ
story by sun sun sun
illustration by momoco
ただし、彼女は俺が
ロシア語わかる
ことを知らない。
特設サイトはこちら!
スニーカー文庫

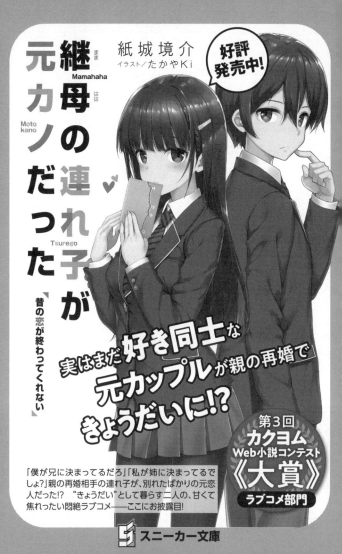

第29回
スニーカー大賞
作品募集中!
君の紡ぐ物語で
世界を変えよう。
大賞 300万円
+コミカライズ確約
金賞 100万円
銀賞 50万円
特別賞 10万円
締切必達!
前期締切
2023年3月末日
後期締切
2023年9月末日
詳細は
ザスニWEBへ
https://kdq.jp/s-award
イラスト／左